CARROUSEL

Livre - VII

L'EXORCISTE

Michel LAMPLE

∽ V1.4.0 ∾

Rév: 4 Octobre 2023 V1.4.0

ISBN: 978-2-9585610-8-6

Dépôt légal : Août 2023

*Je dédie L'Exorciste,
à tous mes collèges professeurs*

Chapitre I

May Day

C E MOIS DE MAI était si sombre depuis que son ciel, d'ordinaire si radieux, s'était laissé envahir par d'étranges nuages. Malgré un puissant azur de printemps, qui depuis plusieurs semaines avait chassé les giboulées et la grisaille, d'énormes nuées accouraient maintenant au-dessus de la ville. Mais c'était là des nuées chargées de cendres et de l'odeur âcre des révoltes. Des nuées comme d'immenses ailes coiffant les immeubles, et masquant la lune et les étoiles.

Ici et là, les murs rougeoyaient des feux de poubelles, et les fusées d'alarme finissaient de se consumer à même le sol en emplissant les rues de leurs fumées roses. Les voitures renversées, aux vitres brisées et souvent même, incendiées, agonisaient dans la lave des cocktails Molotov. Les étroites impasses vomissaient des foules de piétons qui couraient sans boussole sous le hurlement des sirènes, fuyant les gaz lacrymogènes, les canons à eau, les grenades et les bâtons de la police.

Dans l'air, flottait avec le soufre, l'odeur lourde de la poudre et le parfum suave des feux d'artifice. Dans les rues résonnaient aussi les cris et les aboiements, et vers le ciel de cendre, montaient des gerbes de scories en tourbillons de feu, ultimes émanations d'un monde dans la tempête.

* * *

Au milieu du chaos —visible si on avait seulement voulu le voir—, le Diable déambulait calmement en plein cœur d'une populace sans gouvernail qui exhalait bruyamment sa colère et sa haine. Il noctambulait, tel un vaisseau fantôme, dans les rues lourdes du brouillard des gaz lacrymogènes, et olympien, traversait les foules en pleine bousculade avec la même aisance que s'il eût traversé des flammes de son enfer.

Il s'était très officiellement couvert de ses plus beaux vêtements et paré de ses plus belles étoffes; ses gants blancs restaient immaculés, le feutre de son haut-de-forme impeccablement brossé, et la soie d'une très élégante écharpe en lavallière lui ceinturait le cou.

« *Excusez-moi!* » articulait-il poliment pour avancer entre manifestants et forces de l'ordre, au cœur d'une foule secouée par la panique. Mais c'est qu'avec son air fort bonhomme, son amabilité et sa politesse extrême —tellement incongrus dans ce volcan— il appelait en retour la courtoisie des révoltés tout autant que celle de la police. Ainsi, même les plus hargneux, qu'ils fussent de chair ou caparaçonnés, en fuite ou à la poursuite de leur proie, devenaient les plus urbains des hommes et s'écartaient avec déférence devant un Lucifer qui demandait très civilement qu'on lui laissât le passage.

Hélas, dans son dos, les agneaux redevenaient très vite les loups qu'ils n'avaient cessé d'être que l'espace d'un instant. C'est que loin de la fatigue —et encore plus de l'abdication—, la violence et la colère de ce peuple n'avaient pas encore épuisé toute sa haine.

* * *

Satan regardait partout, s'immisçait dans les conversations, se rapprochait des groupes en grande discussion et surtout de ceux-là, qui s'invectivaient avec véhémence. Avec le pommeau doré de sa canne sur les lèvres, il prêtait à chaque mot une oreille attentive, il se penchait pour mieux entendre, et puis, satisfait ou pas, se redressait en soupirant un moment, avant de reprendre sa marche.

Tantôt, il se tenait tout près du soldat en prise avec les postillons du simple piéton qui espérait lui faire dire qu'il était un fils, un père... ou seulement un citoyen ; mais le militaire, même épuisé et un instant déstabilisé, redevenait vite la machine à frapper qu'il était, celle dont le programme d'action devait être quelque part, le pire de l'homme.

Rapidement, le Diable passa près de ces autres en rupture de normes et qui se croyaient déjà en guerre, c'est-à-dire sans loi, et qui voulaient la guerre, pour qu'il n'y eût plus de loi. S'ils avaient jusqu'alors abandonné leur droit à la violence, ils en reprenaient possession compulsivement, comme une drogue trop longtemps dans le tiroir. Et dans leurs yeux, Satan voyait la soif de cette folle orgie dont ils se repaissaient en l'assénant à leurs semblables, se délectant du sang qui dégoulinait sur les visages, mais qui s'étonnaient toujours —et avec une stupéfaction à peine coupable— des cris de souffrance de leurs victimes.

Si Satan y voyait la haine bien ordinaire de tant de ses pensionnaires ; et c'est aussi avec une nauséeuse tristesse qu'il y voyait les épouses frappées, les enfants battus, et ces rires qui découvrent les crocs de la loi du plus fort, cette loi de ceux qui ont renoncé à leur humanité. Il les connaissait bien, tous ceux-là, à la familière hideur, ces hommes et ces femmes à l'étiage de leur humanité, crétins et disciples d'un vieux dogme immortalisé dans l'alcool, alléguant que c'est à la profondeur de la vase qu'on reconnaît la grandeur des hommes...

Tout ce qu'il abhorrait.

* * *

Au détour d'une ruelle secouée par les cris et les sirènes d'une situation par trop dégénérée, le Diable attrapa un enfant par l'épaule « *Attention mon petit !* » et le poussa dans un petit porche, juste avant qu'arrivât sur eux une incontrôlable bande de forcenés... Mais le troupeau passa dans la rue, rapidement suivi par des bruits de bottes qui s'estompèrent à leur tour.

Sous la lueur d'une vieille lampe, à peine moins minable qu'un quinquet d'époque, Satan, avec l'enfant terrorisé, patientaient tous les deux, s'appuyant le dos contre le salpêtre d'un mur humide.

Dans sa poitrine, le cœur de l'enfant tapait comme un marteau sur l'enclume, si fort que ses battements lui remontaient à la gorge quand des excités déboulaient en hurlant devant le porche. Satan sentait même les pulsations du petit cœur battre dans le mur. Alors il laissa sa grosse main descendre vers l'enfant, jusqu'à se poser doucement sur la poitrine du gamin ; et aussitôt, son petit cœur retrouva son calme et sa respiration reprit son lent mouvement de marée.

— Mais enfin, pourquoi amener des enfants ici ? fit soudainement une voix grêleuse dans l'obscurité d'une encoignure.

Devant Satan et l'enfant, il y avait un couple de vieux, accrochés à l'entrebâillement d'une porte aussi vermoulue que leurs mains. Sur leur visage aux joues caves, s'agrippait un mélange de peur et de colère, et leurs yeux, rougis par les gaz qui inondaient la ville, s'étaient enfoncés dans des orbites aussi profondes que leur porte cochère.

— Ça n'est pas un endroit pour les enfants ! protestaient-ils encore faute de pouvoir rouscailler sur tout le reste.

Mais le Diable se préoccupait surtout de ce qui se passait dans la rue. Alors c'est légèrement qu'il répondit :

— Je pense que les parents ont pris leurs enfants avec eux pour leur apprendre...

— Leur apprendre ? coupaient les vieux, leur apprendre quoi ?

Satan était revenu s'accroupir devant l'enfant : « *Mon petit, tes parents arrivent ne t'inquiète pas* » et releva sa stature, immense dans la pénombre, devant un gamin médusé. Et en effet, surgissant de la foule, la mère fit son apparition, aussitôt suivie du père. Avec des sauts et des cris de joie, ils se précipitèrent vers leur gamin. Il y eut quelques « *Merci... merci* » à l'intention du Diable, et avec l'enfant dans les bras, ils disparurent très vite dans la nuit de la rue et l'agitation de la foule.

— Pfff, faisaient de concert les deux vieux, apprendre à manifester et à tout casser, n'importe quoi !

— Mais non voyons, répondait le Diable qui ajustait ses gants et son écharpe, mais apprendre à se retrouver pour une cause, joyeux d'être ensemble dans une foule qui parle d'une seule et même voix, apprendre à posséder la rue plutôt que de la suivre. N'avez-vous pas vu combien ces gens étaient heureux il y a encore une heure : ça discutait, ça riait, la foule était en liesse, n'avez-vous donc pas vu leurs sourires ?

— Leurs sourires, alors qu'ils allaient tout casser ?...

— Ah certes ! derrière les sourires, il y a toujours des dents, et les briseurs de sourires l'apprennent à leurs dépens.

Mais dans l'obscurité du porche, il n'y eut que le claquement de la porte qui se refermait bruyamment. Alors, de sa canne, le Diable tapota sur le bord de son chapeau, s'ébroua sous sa cape, et reprit sa route à contre-courant de la foule qui refluait.

* * *

Doucement, une pluie digne d'un hiver breton s'était mise à tomber, aussitôt suivie d'une brise qui avait l'avantage de rafraîchir un air passablement enfumé. Dans les rues abandonnées, brillaient enfin les pavés que les suintements du ciel avaient lavés de leurs cendres.

C'est là qu'on retrouva le Diable, près d'un groupe de policiers qui contrôlaient des passants ayant eu le malheur de ne pas se carapater assez vite : méticuleusement, les hommes casqués et en carapace fouillaient dans les téléphones autant que dans les poches, épluchant les messages et les tracts sur lesquels ils devaient tomber.

— Et ça ! Vous ne pouvez pas avoir ça sur vous ! clamait l'un d'eux tout en brandissant un bout de papier jaune qu'il avait sorti de la poche d'une jeune femme.

— C'est un tract, je l'ai ramassé pour voir ce qu'il contenait, c'est tout, répondait la demoiselle, je n'ai même pas eu le temps de le lire.

— Avoir ça sur vous est un délit, répondait l'autre au visage rude et dédaigneux.

— Un délit ? mais enfin...

— Oui, l'avoir avec vous constitue une complicité de désordre à l'ordre public et vous vaudra une condamnation à une amende.

Et le policier fit un geste pour qu'on embarquât la femme qui protestait encore plus :

— Mais enfin, vous m'embarquez pour ça ?

— On vous arrête pour ce papier et ces idées absolument interdites qui ne se répandraient pas sans des gens comme vous !

— Mais si ça se trouve, ce ne sont même pas mes idées, criait encore la femme.

— Ça, c'est égal, madame, ces idées sont dangereuses et vous les propagez !

Et deux autres policiers vinrent à la rescousse pour la traîner par les bras vers une camionnette.

— Mais enfin, c'est ridicule, criait-elle encore, quelles sont les idées qui ne sont pas dangereuses alors ?

— Toutes les idées sont potentiellement dangereuses du moment qu'elles n'ont pas été autorisées, répondait le policier d'une voix qui mordait chaque mot, il y a trop de terrorisme à cause d'idées incontrôlables comme celles-ci... Allez vous autres, embarquez-moi ça !

Très furtivement, Satan s'approcha de l'homme qui, auprès de ses semblables, s'enorgueillissait bien fort de son ukase : « *Ah ah ! vous avez vu comment je l'ai remballée celle-là ?* » et le Diable tendit discrètement son bras par-dessus l'épaule du soldat :

— Pardon, vous permettez ? prononça-t-il du bout des lèvres en chipant le papier jaune des mains du policier qui ne parût rien remarquer.

Puis le groupe se dispersa en courant sous la pluie, alors que l'orage venait crever au-dessus d'eux.

* * *

Resté seul au milieu de la rue déserte, sous d'avares réverbères et dans une nuit striée par l'averse, Satan dépliait doucement le petit billet en maronnant « *Ça commence toujours comme ça : tout est interdit sauf ce qui est autorisé... Voilà comment on cadenasse l'humanité. On sait où ça mène. »*

Mais c'était une véritable cataracte qui lui tombait maintenant du ciel. Lui, le regard longuement baissé vers le tract qui se gorgeait de pluie, se mettait à répéter d'une voix lugubre, comme on récite un des premiers postulats du néant :

— Les idées sont dangereuses... les idées sont dangereuses !... Voilà surtout comment on décervelle un peuple ouais !

Il se retrouvait seul dans et cette nuit lustrale et une ville maintenant silencieuse. Les rues étaient désertes, les incendies éteints par une pluie qui en avait même rabattu les cendres et lavé les pavés. Trempé comme une éponge, ses vêtements et son chapeau dégoulinant à grandes eaux, Satan finit par se redresser, son profil défiant les éléments. Puis, de son gilet, il tira une élégante montre qu'il examina un long moment, comme fasciné par la course folle des aiguilles de radium, par la lancinante répétition des secondes et un temps chronométré que le maître de l'intemporel n'avait pas l'habitude de suivre.

Il s'accorda une longue inspiration et prononça enfin :

— Bon, je sais maintenant ce qu'il me reste à faire !

Chapitre II

Un étrange personnage

CE QUI EST FASCINANT dans les aiguilles d'une montre, c'est qu'elles sont le meilleur moteur à l'infini... Et certains diront à juste titre que le plus grand des infinis se construit justement dans la perpétuité de la répétition !

Ainsi, en digne gardienne de l'infini des limbes, c'est avec une succession de gestes lents et mille fois répétés, que la Bête des enfers avait choisi de fatiguer l'éternité : assise au bord du vide sur une triste éminence de rochers au milieu du néant, sur d'immenses blocs de granit que le hasard de la création avait voulu voir trôner à plusieurs mètres au-dessus des mornes plaines de la géhenne, la Bête *passait le temps* sur le plus haut des rochers à polir de drôles de cailloux.

D'ailleurs, posés tout près d'elle à sa gauche, s'alignaient déjà quatre superbes pierres précieuses admirablement polies et scintillant de mille éclats.

La première des pierres était *le Feu*, avec ses quatre faces de triangles parfaits, et qu'elle avait taillé dans un très rare et très gros diamant rouge; puis venait *l'Air*, avec ses huit faces impeccablement polies dans un énorme parangon d'une pureté absolue; *la Terre* était un extraordinaire cube de diamant jaune, et *l'Univers* —difficile celui-là, à cause de ses douze faces pentagonales— avait été péniblement taillé dans un très gros diamant vert.

Depuis un temps incertain, donc, la Bête s'appliquait à polir la dernière des pierres de sa collection, la plus grosse, celle qui allait s'appeler *Eau* : c'était une complication à vingt faces triangulaires dont elle n'était pas loin d'achever le façonnage dans un superbe et très exceptionnel diamant bleu.

Dans son dos, un tas de résidus —ses échecs— s'élevait presque à sa hauteur : un énorme tas de cailloux multicolores, brillant des feux de mille diamants brisés, ratés ou seulement imparfait au regard des exigences de la Bête.

C'est qu'elle soignait particulièrement son travail : de sa main droite, elle polissait la dernière face de *l'Eau* en un léger et très précis va-et-vient du diamant sur le plat du granit. De l'autre main, elle rassemblait régulièrement le petit tas de poussière de diamant, ou bien plongeait son index dans un petit gobelet pour en ramener une nécessaire goutte d'eau. L'opération de polissage était longue, très longue, d'autant que le granit de son rocher était loin d'avoir la dureté du gros diamant qu'il avait à polir...

C'est dire !

* * *

Et puis de temps à autre, elle s'autorisait à jeter un regard nostalgique vers le fleuve des morts qui ondulait plus loin que l'horizon, vers le Styx et par-delà, vers le *Carrousel de la Vie*, c'est-à-dire vers son Hans... Elle soupirait en pensant au beau jeune homme, à son dernier regard, à ses mots tendres susurrés à son oreille, et à cet ultime baiser dont ses lèvres gardaient encore le souvenir humide.

Combien de fois n'avait-elle pas rêvé de monter vers le train fou du Carrousel, de céder à la tentation irrépressible de quitter les enfers et de grimper les pentes qui mèneraient à lui ; remonter dans le monde des vivants, rien que pour voir son amoureux... sans le déranger, discrètement, dans son dos, se tenir dans l'ombre opaque de l'au-delà. Et puis l'écouter rire ou pester, le regarder manger et dormir ; le suivre dans ses promenades en montagne, et s'asseoir à ses côtés au bord du lac où, peut-être, son cher Hans penserait un peu... à elle !

C'est qu'elle s'était habillée coquette, la Bête, peut-être dans l'espoir que son amoureux devinât toute l'étendue des charmes qu'elle déployait pour lui, même s'ils se trouvaient l'un et l'autre séparés par des dimensions tellement adversaires. Alors instinctivement, elle lissait d'une main ses cheveux au langoureux tombant, ouvrait lentement ses lèvres rehaussées du rouge *999* qu'il lui avait offert, le même rouge que celui des roses qu'elle avait patiemment cousues sur sa robe de soie légère, et sous laquelle se modelait suavement une gorge qui n'aurait pas manqué de troubler son homme. De temps en temps d'ailleurs, elle y baissait un regard inquiet —elle prenait pourtant bien soin de rentrer les épaules et de prendre une profonde inspiration d'usage— mais ses lèvres dessinaient quand même une petite moue chagrinée.

Ce faisant, elle ne se rendait pas compte que sa main droite, tenant son diamant à polir, avait relâché son va-et-vient : son mouvement, jusque-là si régulier, se faisait hésitant, aléatoire, puis s'arrêtait. Et quand c'était au tour du silence poisseux des enfers de s'installer, comme une lente marée montante arrivant imperceptiblement de la morne plaine, la Bête sortait de sa rêverie, soudainement affolée : elle relevait bien vite la pierre devant ses yeux, inquiète, et plongeait son regard acéré dans chacune de ses vingt faces.

— Et voilà, disait-elle avec dépit, c'est raté. Me v'la bonne pour refaire mon *ico*[1].

La magnifique pierre —une de plus— volait alors vers le tas de déchets pour y rouler dans un tintement cristallin. De son côté, la Bête sortait de sa poche un petit sac de cuir, y fouillait un instant avec deux doigts pour en ressortir une pierre brute, de la forme et de la taille d'un abricot.

— Il est bien celui-là, disait-elle satisfaite en examinant le caillou, ça ira vite !

------

1. Icosaèdre

C'est dans cette masse encore difforme et sale, qu'elle allait lentement —très lentement— recommencer le polissage de sa dernière œuvre.

Mais tout ça n'était qu'un expédient —somme toute misérable— à une solitude qui prenait lentement corps en elle. Ce sentiment de solitude, tellement nouveau pour elle, n'était que l'effet d'une longue incubation pour un virus d'humanité dont elle se sentait de plus en plus atteinte, contaminée dans ses pensées, autant que dans sa chair. Et il n'y avait pas que ça : tous ses atours de Bête se voyaient lentement polis par la *maladie* : ses rudesses remplacées par de la tendresse, ses colères par de la compassion, ses griffes par des doigts aux ongles vernis, à l'image des *cinq éléments* aux reflets chatoyants qui prenaient corps et beauté dans des pierres noires et sales de diamants bruts.

* * *

Mais à peine commencé ce nouveau travail, elle fit mine de regarder, avec élégance, une montre qu'elle n'avait pas; elle s'inquiétait, scrutait l'horizon... « *Il me semble que ça fait longtemps...* » mais elle s'en retourna quand même au façonnage de ce nouveau dé.

Celui qu'elle attendait finit par arriver : après un très long vol au-dessus des mornes et tristes plaines des enfers, son petit grillon était enfin de retour. L'atterrissage fut laborieux : les forces du petit insecte l'abandonnèrent aux derniers moments, et même une fois flanqué à terre, il eut du mal à se relever sur ses pattes et à reprendre son souffle.

— Je comprends que tu n'aies pas voulu te poser une seule fois pour te reposer, acquiesçait la Bête en se pinçant les lèvres, on ne sait jamais sur qui on peut tomber dans les enfers. Reprends ton souffle mon petit grillon, j'ai tout mon temps.

Et elle s'en retourna au polissage de sa nouvelle pierre. Mais l'insecte avait des choses à dire : point de repos, il s'était approché et tirait de toutes ses forces sur la robe de sa Bête : « *Hii hiiii* » émettait à peine sa gorge serrée, alors que, d'une autre patte, il désignait un point vers l'horizon.

— Mais que se passe-t-il ? demandait celle qui se voyait fâchée d'être interrompue dans son travail, ces tournées d'inspection ne devraient pas te mettre dans un tel état, il ne se passe jamais rien ici !

* * *

C'est que le petit grillon prenait son travail à cœur, et quel travail ! Il faut raconter qu'après ses quelques séjours dans *le pays d'en haut*, la Bête avait importé dans l'outre-tombe quelques fructueuses idées, en particulier, celle de déléguer —on va dire *sous-traiter*— quelques-unes de ses tâches régaliennes.

Par exemple, c'est à son petit grillon qu'elle confiait dorénavant la tournée quotidienne de surveillance de ses ouailles !

Très fier, ce dernier s'en acquittait avec zèle : d'un survol rapide, il repérait du ciel tous les désordres et les débordements, pointait les âmes qui, tels des zombies, s'échappaient de leur manteau de boue pour s'en aller vagabonder. Ou bien ces autres qui abandonnaient leur place assignée pour, inopinément, s'approcher méchamment d'un second ou s'éloigner par crainte d'un troisième. Dans l'immuable et monotone organisation des enfers, le moindre mouvement faisait tache, et devenait repérable à des lieues à la ronde, surtout pour les yeux d'un grillon en altitude. Mais puisque les désordres étaient aussi très rares, c'est de bonne grâce que le petit insecte avait accepté une surveillance qui promettait d'être une promenade de santé.

Néanmoins, quelques égarements se produisaient de temps à autre : les enfers n'étant pas une curatelle, les affres qui pesaient sur les âmes ne s'allégeaient jamais avec le temps —dût-il y en avoir— bien au contraire. Alors certaines de ces âmes, les plus *chargées* de tant de faix sur leur conscience, explosaient parfois d'un trop plein de rage qu'elles ne pouvaient plus contenir. Dans ces quelques cas, il était de coutume que la Bête intervenait, avec douceur, ou fermeté c'est selon, mais toujours dans le même sens : que cette âme s'en retournât inconditionnellement mâcher ses péchés sous sa boue, sous sa couverture de glaise, lourde du poids de ses fautes, pour retrouver l'humilité et l'attrition dans la nuit de son manteau.

* * *

Excellente dans les *affaires*, la Bête avait aussi trouvé le moyen de sous-traiter l'accueil de ses nouveaux pensionnaires auprès de Charon, le passeur du Styx !

Le protocole habituel exigeait que ce fût la Bête qui accueillît les âmes qui débarquaient sur sa berge ; le pas-

21

seur refusait de débarquer les âmes qu'il transportait sur sa barque si la Bête n'était pas présente sur sa rive pour les accueillir. Or, estimant dorénavant que cette fonction lui demandait d'inutiles va-et-vient entre son repaire et la rive du Styx, la Bête avait convenu d'un arrangement financier entre elle et le Passeur.

Vénal qu'il était, il n'avait pu refuser !

Ils avaient donc monté leur petite entreprise, et convenu d'un double contrat : d'abord, la Bête payait son associé d'une pièce d'or à chaque fois qu'il débarquait les âmes sur la rive du Styx, mais aussi qu'il leur faisait monter la berge et les dirigeait vers leur emplacement [2]... ça valait bien une pièce d'or !

Mais ils avaient aussi convenu que le passeur confierait ses gains à une banque commune, un fonds commun de placement —géré par la Bête— avec la garantie d'intérêts faramineux !

Ainsi, à chaque passage d'une nouvelle âme sur le Styx, le passeur versait la pièce d'or que l'âme lui avait confiée pour son passage, dans le fond de placement : un vieux pot en terre... là même où l'attendait une autre pièce d'or en paiement de ses services... Joie !

À son retour, et comme de coutume, le Passeur reversait le paiement au Diable qui avait été laissé à l'écart de ce petit arrangement. Sauf qu'entre temps, il avait l'immense satisfaction de s'être enrichi d'autant, sur un compte à numéro, bloqué, accessible à la fin des opéra-

---

2. Par paresse, le Passeur attribuait le premier emplacement venu à son nouveau client, et chargeait celui qu'il délogeait de répéter l'opération vers le suivant, et ainsi de suite ! Facile.

tions —la fin du monde donc— ou bien dans le cas d'un *accident d'éternité* tel que le chômage, le handicap, etc. Assurance payante oblige.

* * *

Ainsi, donc, chaque âme transportée donnait des ailes au Passeur du Styx. Il sentait sa fortune enfler comme la grenouille de la fable, et c'est avec un zèle décuplé que les os de sa vieille carcasse suaient leur peu de calcium à faire monter les âmes sur la rive escarpée du Styx, et les accompagner jusqu'à leur emplacement. À la fin de l'opération, il revenait reprendre sa barque en dansant, dut-il courir après... si elle s'était trouvée emportée par le courant !

Ah oui... les apprentis capitalistes[3] apprendront que le capital initial de leur société —une broutille d'une seule pièce d'or— avait été dûment déposé par Charon dans la banque tenue par la Bête, à savoir ce vieux pot de terre posé sur la berge.

Ainsi, donc, cette dernière, par Dieu, ne foutait plus grand-chose ! Elle passait son temps à gérer la fortune de l'association, c'est-à-dire : se faire les ongles, sa coiffure, de la couture de robes toujours plus pimpantes, se confectionner des colliers de fleurs, et accessoirement, à polir ses cinq diamants.

* * *

---

3. Qui ne lisent ces nouvelles que par souci de leur ultime devenir

Le grillon tenait la liturgie des heures : une version très personnelle des *Laudes, none, vêpres, complies...* où, à chacune d'elles, la Bête gonflait ses poumons pour un hurlement assez fort pour le maintien de l'ordre *ordinaire,* et pour le Diable, la très sonore confirmation que tout allait bien dans ses enfers.

Ce jour-là, donc, le petit insecte découvrait à ses dépens les externalités des systèmes capitalistes : ayant du mal à retrouver son souffle, il décida de mimer son rapport.

— Tu as donc aperçu quelqu'un si loin ? Mais ce n'est pas grave, disait la Bête, qu'il y ait des âmes aussi loin du Styx, c'est très normal, je pense même que tu n'as encore rien vu. N'oublie pas, mon petit grillon, que ça ne fait pas si longtemps que tu fais ces tournées d'inspection. Dans quelques siècles, plus rien ne t'étonnera.

Mais le grillon se fâchait... et donnait du pied.

— Ben oui, renvoyait la Bête, il y en a aussi qui peuvent aller se perdre très loin dans les ténèbres... Je pense que tu as dû survoler une âme terrible !

Mais le grillon insistait, alors la Bête se résigna à interrompre son travail. Elle enfouit ses pierres dans sa poche et se tourna vers son partenaire :

— Bon écoute, tu m'énerves, grimpe ici-dessus et on va aller voir tous les deux.

* * *

Le grillon n'exagérait pas : la bête, avec lui sur son épaule, eurent à parcourir une immensurable distance pour rejoindre les territoires les plus sombres des enfers... tellement sombres que dans si peu de lumière, ils eurent du mal à retrouver la silhouette repérée depuis le ciel par le petit grillon.

— En effet, confiait la Bête qui avançait un peu inquiète dans l'obscurité, je crois que je ne suis jamais venue jusqu'ici,

Devant eux, se dressait maintenant le petit monticule de boue qui devait cacher une âme bien téméraire. La Bête, quelque peu hésitante, fit un tour d'horizon avant d'affirmer :

— En tout cas, ça n'est pas moi qui ai conduite ici celle-là, je m'en souviendrais. Ça doit être le Passeur, il a du culot de nous les amener aussi loin !

Avec précaution, la Bête fit le tour de son client pour revenir de poster à petite distance en face de lui. Elle se pencha, et souleva très délicatement le manteau de boue —l'habitude des réaction parfois violentes des âmes qui s'y réduisent, d'autant plus que ces âmes sont noires—.

Mais contre toute attente, il y avait là-dessous, un homme au long visage, avec des yeux gentils, bien ouverts, la peau étonnamment lisse, —loin des champs de rides qu'elle trouvait habituellement sur la face de ses pensionnaires—. Et voilà que cet homme lui adressait un grand sourire !

— Mais... je ne vous reconnais pas, fit aussitôt la Bête. Qui êtes-vous ? Je ne vous ai jamais vu !

L'homme eut aussitôt l'air désolé. Il répondit doucement :

— Pourtant, moi, je vous connais.

La Bête se redressa. Tout l'étonnait dans ce personnage, depuis sa face étrangement sereine, jusqu'à sa voix et ses mots qui n'avaient rien de ceux d'un criminel, ni même d'un damné qui aurait choisi une place aussi reculée dans les enfers.

Elle se renfrogna et tendit sa main vers le menton du bonhomme :

— Mais, faites voir votre tronche, vous ne me semblez pas si méchant, vous êtes étonnamment...

Mais en regardant de plus près, elle découvrit que ce type avait ses deux mains fermées sur quelque chose qu'elles avaient du mal à cacher... Mais le grillon se fâchait... et donnait du pied.

— Ben oui, renvoyait la Bête, il y en a aussi qui peuvent aller se perdre très loin dans les ténèbres... Je pense que tu as dû survoler une âme terrible !

Mais le grillon insistait, alors la Bête se résigna à interrompre son travail. Elle enfouit ses pierres dans sa poche et se tourna vers son partenaire :

— Bon écoute, tu m'énerves, grimpe ici-dessus et on va aller voir tous les deux.

* * *

Le grillon n'exagérait pas : la bête, avec lui sur son épaule, eurent à parcourir une immensurable distance pour rejoindre les territoires les plus sombres des enfers... tellement sombres que dans si peu de lumière, ils eurent du mal à retrouver la silhouette repérée depuis le ciel par le petit grillon.

— En effet, confiait la Bête qui avançait un peu inquiète dans l'obscurité, je crois que je ne suis jamais venue jusqu'ici,

26

Devant-eux, se dressait maintenant le petit monticule de boue qui devait cacher une âme bien téméraire. La Bête, quelque peu hésitante, fit un tour d'horizon avant d'affirmer :

— En tout cas, ça n'est pas moi qui ai conduite ici celle-là, je m'en souviendrais. Ça doit être le Passeur, il a du culot de nous les amener aussi loin !

Avec précaution, la Bête fit le tour de son client pour revenir de poster à petite distance en face de lui. Elle se pencha, et souleva très délicatement le manteau de boue —l'habitude des réaction parfois violentes des âmes qui s'y réduisent, d'autant plus que ces âmes sont noires—.

Mais contre toute attente, il y avait là-dessous, un homme au long visage, avec des yeux gentils, bien ouverts, la peau étonnamment lisse, —loin des champs de rides qu'elle trouvait habituellement sur la face de ses pensionnaires—. Et voilà que cet homme lui adressait un grand sourire !

— Mais... je ne vous reconnais pas, fit aussitôt la Bête. Qui êtes vous ? Je ne vous ai jamais vu !

L'homme eut aussitôt l'air désolé. Il répondit doucement :

— Pourtant, moi je vous connais.

La Bête se redressa. Tout l'étonnait dans ce personnage, depuis sa face étrangement sereine, jusqu'à sa voix et ses mots qui n'avaient rien de ceux d'un criminel, ni même d'un damné qui aurait choisi une place aussi reculée dans les enfers.

Elle se renfrogna et tendit sa main vers le menton du bonhomme :

— Mais, faites voir votre tronche, vous ne me semblez pas si méchant, vous êtes étonnamment...

Mais en regardant de plus près, elle découvrit que ce type avait ses deux mains fermées sur quelque choses qu'elles avaient du mal à cacher...

— Eh, mais dites-moi, c'est quoi ce que vous tenez là ?

L'homme fit d'abord une petite moue coupable, rentra la tête dans ses épaules, puis, comme la Bête s'était redressée pour lui commander avec un doigt particulièrement inquisiteur, il ouvrit ses mains comme un enfant les ouvre sur un petit trésor :

— Ce sont des clous, dit-il doucement, un souvenir...

— Oh ! quelle horreur, non mais lâchez-moi ça !

D'un geste fulgurant, elle s'était précipitée et fit voler les objets au loin comme s'il y avait là un serpent entre les mains du bonhomme.

— Non ! mes clous ! fit-il en tendant les mains vers les objets qui retombaient plus loin.

La Bête avait fait quelques pas, et les poings sur les hanches, se penchait pour examiner les pièces de métal rouillé.

— Mais dites donc, vous avez vu la taille de vos clous ? de véritables poignards !

— Ah ne m'en parlez pas, faisait l'homme qui décidait de se lever, d'ailleurs, ça aurait très bien pu être trois balles de fusil.

Quand la Bête se retourna vers lui, il était déjà debout, grand, immense, d'une stature longue et élancée, avec des muscles fins. Seulement vêtu d'un pagne de vieux lin sur ses hanches. Il semblait assez satisfait de pouvoir enfin respirer à pleins poumons et s'attachait déjà à plier son manteau de boue et à le poser sur son épaule. Devant lui, la Bête bredouillait ce qui lui passait par la tête :

— Mais enfin, vous ne pouvez pas vous balader avec ça ici, personne ne peut !

— Ah bon vraiment ? fit-il en venant près d'elle pour ramasser ses bouts de métal rouillé.

— Mais oui ! se ressaisit la Bête, et en plus, Charon ne vous aurait jamais laissé passer avec ça, c'est un véritable détecteur de métaux, vous savez ? Or, argent, bronze... il réagit à tout, alors, avouez... vous avez chipé ça à qui ?

— Mais enfin mademoiselle, ce sont les miens, je vous ai dit que c'était un souvenir, j'y suis très... attaché !

— Ouais ouais, on dit ça... attaché à trois clous, non mais je vous demande !

— Mais si, et...

— Allez, pas d'histoire, crachez le morceau, dites-moi tout !

* * *

Croisant les bras et tapotant du pied au sol, la Bête se posta devant ce grand bonhomme.

— Oh là là ! *Tout* vous dire ? Vraiment vous voulez tout savoir ? Ça risque d'être long !

La Bête fit un clin d'œil à son grillon :

— Nous avons tout notre temps.

— Mademoiselle je crains que même tout votre temps ne suffise pas !

— Eh bien commencez déjà par nous dire qui vous a amené jusqu'ici ? C'est Charon, le passeur du Styx ?

— Ah pas du tout et...

— Le Boss alors ? Parfois il fait ses petites magouilles tout seul et ne me dit pas tout !

— Le... *Boss* vous dites ?

— Oui, mon maître, Satan !

Le bonhomme eut une rebuffade :

— Ah non alors, certainement pas lui ! Déjà qu'il prétend que je n'ai rien à faire ici... et d'ailleurs, c'est un peu à cause de lui que je suis là : rien que pour lui prouver que moi, je peux aller partout.

— Non mais ne vous fâchez pas, essayait de calmer la Bête, mais me dites pas que c'est vous, tout seul qui, en vous baladant comme ça, êtes arrivé jusqu'ici !

Comme s'il se trouvait accusé, l'homme se justifiait maladroitement sans en avoir vraiment le temps face à une Bête particulièrement inquisitrice qui le lardait de questions :

— Mais si voyons, c'est que je me tue à vous dire mademoiselle, je vais et je viens comme je veux !

D'un doigt, la Bête tirait sur son œil :

— N'importe quoi ! On ne me la fait pas à moi. Je n'en connais qu'un seul comme ça qui peut aller et venir partout, et c'est mon maître Satan !

— Mademoiselle, fit alors l'homme en se redressant fièrement : dites-vous bien qu'avant que votre maître existât, je Suis !

***

La Bête se redressa, en plissant les yeux, comme si, soudainement, elle se trouvait face à une révélation :

— Ahhhh, mais je vois...

Le bonhomme esquissa un léger sourire alors que la Bête, toute heureuse, remuait vers lui un doigt... comme pour désigner la bonne carte d'un quizz, et elle conclut avec malice : *Psychiatrie ?*

— Qué psychiatrie, quoi psychiatrie ?

Mais la Bête était particulièrement ravie de sa déduction :

— Eh bien, sans vouloir vous vexer, votre cas à vous, c'est la psychiatrie... Allez avouez, c'est pour ça que vous êtes arrivé jusqu'ici, bêtement et sans réfléchir !

— Bêtement... mais enfin pas du tout mademoiselle, et...

— Tût tût tût ! Calmez-vous cher monsieur, tout va bien... Et tout va très bien se passer dorénavant !

Et elle se rapprocha doucement de lui pour enrouler avec délicatesse son bras autour du sien, et avec de la pédagogie dans la voix, commença d'expliquer :

— Vous et moi, on va gentiment faire demi-tour, et on va tranquillement revenir vers la lumière. Être trop loin de son emplacement n'est jamais bon pour les mânes, surtout quand elles sont un peu... exaltées comme vous, n'est-ce pas ?

De prime abord, l'homme eut l'air de se satisfaire de l'attention toute particulière de la Bête qui poursuivait d'un ton on ne peut plus avenant :

— Vous savez, à vous promener comme ça, vous auriez pu aller vers des endroits terriblement noirs et terrifiants. Ouh! même moi, j'avoue que je ne suis jamais allée jusqu'ici, cher monsieur, je vous tire mon chapeau.

D'un pas lent qui prenait la mesure sur ses intonations, la Bête imprimait doucement les premiers pas du chemin du retour. À son bras, son client si spécial semblait accepter avec complaisance de se laisser conduire.

— Oh! je n'aurais pas pu aller plus loin vous savez, dit-il en désignant d'un pouce un peu vulgaire ce qu'il y avait dans son dos : c'était que j'étais justement arrivé au bout.

la Bête partit d'un petit rire :

— Ah! c'est bien votre première erreur mon cher, il n'y a pas de bout en enfer...

— Mais si, l'interrompit-il, juste-là, derrière... vous n'avez pas vu?

— Ahhh vous avez l'impression parce qu'il y fait de plus en plus nuit, vous pensez être au bout, mais non, vous pouvez toujours faire un pas de plus dans le néant, sans que ça ne s'arrête jamais!

— Eh bien si! Ça s'arrête.

Elle stoppa et releva vers lui un regard aux sourcils chargés :

— Voyons, qu'est-ce que vous me chantez-là encore?

Le grand bonhomme fit une petite moue désolée de devoir ainsi contredire sa si charmante hôtesse, mais il retira sa main du bras de la Bête et fit demi-tour en l'invitant à le suivre :

— Alors venez! venez avec moi, je vais vous montrer.

Chapitre III

Le miroir

AVEC LE GRILLON sur l'épaule qui, lui aussi, plissait des yeux, la Bête s'était penchée devant ce qui lui semblait être le noir absolu, dans l'espoir de donner corps aux élucubrations de son *schizophrène*.

— Qu'est-ce que vous me chantez-là, il n'y a rien ici... rien de rien

Mais le grand bonhomme, qui portait maintenant son manteau de boue comme une toge romaine, n'était pas peu fier de l'éclairer de son avis :

— Patientez mon enfant, ça va venir... Regardez bien.

Encore une fois, elle soupira d'impatience, mais accepta quand même de figer son regard vers le vide, cette béance noire, et de se courber en avant pour mieux discerner... ce qu'il n'y avait rien à voir. De longues secondes passèrent ainsi ; c'est le grillon qui, le premier, émit un crissement de surprise.

— Mais... oui en effet, il y a quelque chose, fit-elle avec surprise.

— Ah vous voyez !

La Bête ouvrait même une bouche stupéfaite devant ce qui prenait corps petit à ses yeux ; elle se redressa lentement, sourcils largement levés, balayant du regard un horizon toujours plus large.

— Mais c'est que ça grouille de monde là-dedans, balbutiait-elle, mais qu'est-ce que c'est ?

Fièrement campé sur ses longues jambes, le bonhomme répondit, lapidaire :

— C'est le Carrousel !

La Bête se tourna vers lui brusquement en lâchant un : « *Quoi ! Le Carrousel ?* »

— Eh oui ! du moins, son miroir.

* * *

La Bête était obligée de le croire, du moins d'accepter, stupéfaite, les explications de cet étrange personnage en pagne, avec ses trois longs clous rouillés dans une main, et qui de l'autre, retenait son manteau de boue élégamment posé sur l'épaule. Les yeux rivés vers ce nouveau spectacle qui s'éclairait peu à peu à elle, les yeux grands ouverts et les pupilles dilatées, elle regardait un monde :

— Oui mademoiselle, expliquait le bonhomme, c'est le « *Miroir du Carrousel* ». Ce que vous avez de l'autre côté du Styx, sur la montagne et en pleine lumière, vous l'avez ici aussi, qui passe tel un serpent au raz du sol et dans le noir total. Tout ce qui se passe là-bas en pleine lumière, se passe aussi ici dans la nuit des enfers.

— Incroyable, faisait-elle dans un soupir, je ne connaissais pas du tout son existence !

— Eh ! répondait l'autre en se mirant les ongles.

— Mais alors, se risqua-t-elle à demander, on peut retourner dans le monde des vivants en passant ici ?

— Oui en principe, et d'ailleurs, c'est justement ce désir de *résurrection* qui attire les âmes les plus noires à venir jusqu'ici. En fait, les âmes maudites ne fuient pas la lumière, mais ils cherchent désespérément la résurrection de leur enveloppe charnelle, ce qui est le premier et le pire des péchés.

— Ils n'acceptent pas leur sort dans la mort alors ils veulent revenir à la Vie ? essayait de comprendre la Bête qui rajouta encore : « *C'est pour ça que toutes les âmes des enfers sont toutes tournées vers ici ?* »

— Oui, c'est exactement ça. Ils sont tous plus ou moins attirés par ce *Miroir du Carrousel !* dans l'espoir d'y retourner.

Tout en ayant les yeux rivés vers le spectacle de la Vie qu'elle redécouvrait encore, la Bête, intéressée, risqua encore une question :

— Et... certains arrivent à retourner à la vie en passant par là ?

Très académiquement, le bonhomme tenta d'expliquer :

— En principe oui ! Mais attention, c'est un leurre, il y a quand même quelques difficultés parce que leur enveloppe charnelle n'existe plus, alors ces âmes doivent en trouver une autre à habiter !

— C'est-à-dire qu'ils vont aller dans un corps qui n'est pas le leur ?

— Exactement, pour le *posséder* !... et hélas, ça peut être n'importe qui.

Mais la Bête n'écoutait déjà plus, elle dont les yeux brillaient maintenant d'une nouvelle idée, et qui s'était mise à marcher de long en large devant cette succession des tableaux de la vie.

— Mais alors, demandait-elle encore, mon Hans, je peux le voir ici ?

Un instant interloqué, le grand personnage rassembla ses esprits :

— Votre ami ? Je pense que vous le trouverez par-là, fit-il en désignant quelques horizons de vie un peu plus loin.

La Bête y alla d'un pas rapide, et chercha du regard, dans une obscurité qui tardait à révéler ses images. Le bonhomme l'y rejoignit en prenant son temps.

— Regardez mademoiselle, votre ami est là...

En effet, ses yeux s'ouvrant petit à petit, à si peu de lumière, la Bête se trouva tout heureuse de revoir son Hans. Elle sourit largement et sauta sur place de redé-couvrir le visage tant aimé de son amoureux, son petit faune : ses yeux se mirent aussitôt à briller...

Rien qu'une seconde...

Et puis elle se renfrogna sèchement :

— Mais c'est qui pour une ?

— Je vous demande pardon ?

Elle s'était redressée, droite, pieds collés, bras et index tendus vers un des tableaux de la scène :

— La fille, là… juste à-côté… non mais c'est qui cette pimbêche ?

* * *

La période des examens approchait. Hans Jacob, ingénieur diplômé en optique, avait de coutume d'aider les jeunes étudiants à préparer leurs épreuves. En particulier Peter et Günter, deux gentils garçons qui partageaient un même meublé dans son immeuble. Régulièrement, après son travail, Hans passait chez eux pour une heure ou deux de révisions, un replâtrage intensif des inévitables fêlures dans leur matière grise.

Peter à sa gauche, Günter assis à sa droite, et Hans au milieu, fatigué après sa journée de travail, la cravate à la dérive, qui passait silencieusement de l'un à l'autre ; il crayonnait, biffait, expliquait avec mille schémas…

Pour se donner du courage dans cette ambiance studieuse, le petit groupe avait l'habitude d'écouter un semblant de musique, qu'un vieux magnétophone à cassettes faisait chuinter depuis la cuisine. N'y suffisant pas, les bières se vidaient, et la poubelle se remplissait de papier biffé de mille schémas, de calculs mathématiques, et des canettes.

Quand on frappa à la porte de l'appartement, le jeune Peter fit machinalement un « *Entrez !* » sonore et énervé, sans même lever les yeux de son papier. Et c'est l'étudiante du troisième qui fit son apparition : une jeune rouquine de très belle apparence et maquillée de frais. Habillée chez de bons faiseurs, cette étudiante en sociologie était la fille d'un apparatchik du parti dont elle bénéficiait des largesses et de l'aisance financière : vêtements, un bel appartement et sa voiture personnelle.

Néanmoins, le quotidien bien poli de la jeune fille lui prodiguant une existence par trop saumâtre, il ne lui manquait plus qu'un garçon à son bras, un amant à sa pointure. En l'occurrence, c'est sur Hans Jacob qu'elle avait —Dieu sait pourquoi— jeté son dévolu depuis qu'elle avait emménagé dans ce petit immeuble. Bien sûr, tous les autres locataires le savaient, les petites vieilles des premiers étages et la concierge aussi, Peter et Günter en souriaient (après s'être résignés), bref tout le monde... sauf l'intéressé.

* * *

— Ah, je me doutais que vous étiez là, faisait la rouquine en pénétrant dans le meublé.

La table des garçons n'était qu'à quelques pas de la porte, mais c'était assez pour qu'elle les fît dans une démarche bien chaloupée, en jupe au-dessus des genoux, bas, talons, et sur elle, un chemisier blanc d'une taille à peine satisfaisante pour ce qu'elle avait dessous. Elle arriva à la table et devant les yeux des garçons, y posa ses bras tendus, abandonnant derrière elle une perfection de cambrure... et autres images tout aussi capiteuses.

— Eh ! Günter, tu me calcules ça ! fit brutalement Hans en tapotant sèchement de son crayon sur la feuille de son élève distrait par cette apparition. Puis il rajouta pour Peter : « *Tu peux aller couper le magnétophone s'il te plaît ?* »

38

Günter le premier, baissa les yeux et Peter s'exécuta pour revenir très vite à ses exercices, en prenant soin de détourner son regard de la *tentation*. La fille laissait faire, amusée, en ayant même pour Hans un sourire aussi large que l'étendue de sa fierté féminine.

— C'est vous que je venais voir, monsieur Jacob, fit-elle enfin en battant des cils sur ses yeux myosotis. Comme ça ne répondait pas chez vous, je me suis douté que vous étiez ici.

— Euh, oui... Günter et Peter ont encore besoin d'aide pour leurs examens, répondait Hans qui devait se casser la nuque pour relever son visage vers elle.

— Aoh ! Je trouve que c'est tellement gentil de votre part de les aider pour leurs examens. Oh ! quelle chance ils ont de vous avoir ces deux garçons ! rajoutait-elle encore, histoire de se donner l'occasion de balancer sa jolie frimousse au rythme de ses syllabes sucrées comme une fleur balance sa corolle sous le vent.

Hans répondit au travers d'une gorge barrée :

— Oui euh, vous vouliez quelque chose peut-être ?

— Mmmh, je ne veux pas vous déranger. Passez donc chez moi quand vous aurez fini, je vous le dirai alors... je vous attends !

Et sans attendre l'éventualité d'une protestation, et encore moins d'un refus, elle reprit ses bras, les agita pour un petit coucou et repartit avec la même embarcation. Puis la porte se referma, et Peter et Günter eurent tous les deux le même petit rire étouffé.

— Bon ça suffit oui ? fit Hans qui revenait de son étourdissement et coudoyait aussitôt les deux étudiants : allez, z'en êtes où vous deux ?...

De l'autre côté du Carrousel, la Bête se transformait petit à petit en chaudière :

— Mais c'est pas vrai, protestait-elle furibonde, il ne va quand même pas la rejoindre dans sa canfouine ?

En compagnie de son étrange bonhomme, tous deux suivaient dans le Carrousel, le tableau d'un Hans Jacob grimpant quatre à quatre les marches de l'escalier menant à son appartement, et qui, loin de s'y arrêter, dépassait joyeusement son étage pour rejoindre le meublé de l'étudiante du troisième.

La Bête en restait estomaquée.

L'appartement de la belle était d'une gentillesse claire : un petit salon propret, agréablement décoré, avec des rideaux de cotonnade à fleurette et un sofa de velours vert. Sur une élégante petite table basse, la demoiselle avait déjà rempli deux verres d'un vin sucré comme du miel.

— Moi je trouve que c'est très mignon tout ça, faisait le grand bonhomme en inclinant la tête vers son épaule pour caresser du doigt le petit grillon qui était venu se poser là.

Mais la Bête, les yeux écarquillés, suivait anxieusement le jeu de la rouquine qui accueillait son Hans avec des manières, à son goût, bien trop charmantes et caressantes... d'ailleurs avec quelque succès :

— Non mais regardez-le, disait-elle la gorge serrée, voilà maintenant qu'il lui fait des grâces de jeune chien !

— Ah que voulez-vous mademoiselle... la jeunesse s'enivre vite de ces alcools merveilleux.

— Jeunesse, jeunesse, je t'en ficherai moi de la jeunesse... Regardez ! mais regardez-le : il a suffi qu'elle dégrafe deux boutons de plus de sa chemise pour que lui, s'en repaisse... Rhooo !

Effectivement, la rouquine aguicheuse redoublait de coquetterie, bombait sa poitrine, entrouvrait ses lèvres délicatement ciselées, croisait ses jambes pour mieux révéler le galbe de ses cuisses. De surcroît, elle riait de tous ses yeux à chaque mot qu'il avait pour elle, et de ses trente-deux dents dès qu'il sortait quelque chose qui s'apparentait, même de loin, à une plaisanterie. Avec quelques mots enamourés, elle le complimentait pour tout, pour son humour, pour son intelligence ; un fin babillage de louanges pour l'aide que le jeune homme apportait aux étudiants, aux grands-mères de l'immeuble, à leur chat et... jusqu'à leurs canaris.

De l'autre côté du Carrousel, la Bête était furieuse, tapait du talon et s'arrachait les cheveux. Derrière elle, le grand bonhomme tentait de lui faire garder raison :

— Il ne faut pas exagérer mademoiselle, et puis c'est la nature tout ça : regardez comme la scène est charmante, cette petite créature d'Éros qui fait tout son possible pour...

— Son possible pour quoi ?... pour rien du tout ! je vous l'dis... rien du tout ! Et l'autre flandrin n'a pas intérêt à toucher à la Salammbô... même avec les yeux... ou je les lui arrache !

Le bonhomme se redressa « *Hum !* » le regard refroidi... mais très vite ses traits s'attendrirent de nouveau devant les grands éclats de rire qui secouaient la demoiselle, devant ses sourires mutins et ses paupières battantes comme des rideaux sous la brise d'été... Il ne put s'empêcher de déclamer :

— Oh ! écoutez-moi ces petits cœurs de beurre qui rient à la vie et qui butinent le parfum de l'amour !

Encore une fois, la Bête bondit :

— Vous appelez ça de l'amour vous, non mais vous l'avez entendue, l'autre-là, avec ses accents de folâtrerie et son rire de... on dirait un cheval !

Il s'en trouva aussitôt plus inquiet :

— Ah ! si vous le dites... Mais moi, j'aurais dit que c'est le printemps qui fait entendre sa voix, vous savez c'est très normal tout ça et...

— Chut !

C'est que la Bête n'avait d'yeux que pour le jeu subtil de la rouquine : sur le canapé, celle-ci redoublait de confidences sucrées à l'oreille d'un Hans qui avait toujours plus de mal à s'écarter d'elle, quand elle n'avait de cesse de combler l'espace qui la séparait de lui.

— Ah ! que c'est mignon, ces ondes de douceur de l'amour, faisait le grand bonhomme au sourire toujours plus béat.

Encore une fois, la Bête trancha :

— Bon, ça va vos allusions vous ! Qu'est-ce que vous insinuez par là ? Vous vous rincez l'œil en attendant qu'il culbute la bacchante, c'est ça ?

— Oh non ! euh... enfin je veux dire...

— Rien du tout, laissa tomber la Bête, d'un ton qui fermait le verrou aux commentaires. C'est pas cette gourgandine qui va avoir mon Hans, je vous l'dis.

— Pourtant, vous savez, reprit l'homme après un moment, c'est une jolie créature, toute bien faite et je m'y connais !

— Quoi ? Jolie, cette renarde mal peignée ? qui a besoin de tout ce toc à ses poignets, et ces pendeloques pour ses oreilles décollées ?... Vulgaire, la guenon !

Son interlocuteur esquissa un geste d'impuissance :

— Mais enfin, que voulez-vous, mademoiselle ? Ce sont les lois de l'amour, et je ne pense pas que ce jeune homme s'arrêtera à ce genre de détail esthétique !

La Bête avait un regard furibond, l'œil tempétueux, le sourcil contracté... Effectivement, il était temps de pousser définitivement le verrou sur cette scène :

— Ouais, ben moi, je vous dis qu'il va s'arrêter très vite, le béguin de la putain patentée, quand elle va apprendre qu'elle a affaire à la... Bête de l'apocalypse !

En disant cela, elle prit la profonde respiration d'un taureau qui prépare sa dernière charge, et frappa magistralement du pied sur le sol.

* * *

De l'autre côté, l'appartement de l'étudiante trembla ! Pas comme dans le cas d'un tremblement de terre, quand une main de géant secoue toute la montagne et ses habitations. Non ! il trembla sous l'effet d'une bombe qui fit décrocher le lustre et renverser les verres, les bouteilles, les chaises, et même la demoiselle qui était dans l'attente voluptueuse d'un baiser !

D'ailleurs, après avoir rapidement aidé l'étudiante à se relever, Hans s'inquiéta immédiatement de la situation et sortit de l'appartement. Il se précipita en face et

tambourina à la porte de la vénérable madame Studer :
« *Frau Studer, Frau Studer... vous allez bien ?* »

La vieille dame qui allait gaillardement sur ses quatre-vingt-dix ans, ouvrit et s'inquiéta... de l'inquiétude du jeune homme :

— Bien sûr que je vais bien, pourquoi ?... Oui, il me semble que j'ai entendu comme un bruit... Mais non, tout va bien ici.

Ayant peu confiance dans l'ouïe de Madame Studer, Hans jeta un œil indiscret dans l'appartement où tout était parfaitement et étrangement en place. Il se prit le menton, s'excusa à demi-mot, et fit demi-tour à pas lents pour revenir chez la jeune étudiante. C'est sur le tabouret du palier qu'il remarqua le petit vase aux gros hortensias bleus : il n'avait pas bougé, lui qui était toujours dans un équilibre si précaire à cause de ses trop grosses fleurs dans un pied si fin...

Étrange.

De retour chez l'étudiante, celle-ci —assez laidement décoiffée— était déjà affairée à redresser les chaises, essuyer le parquet, et remettre chaque objet à sa place, puisqu'ils se trouvaient tous, sans exception, à terre.

— Euh, je vais descendre chez moi vérifier si tout est en ordre, glissa Hans sans aller plus loin que le pas de la porte, n'hésitez pas à me dire s'il y a le moindre problème !

— Oui oui, faisait la demoiselle toute désolée qui se cachait derrière sa main.

Comme l'escomptait la Bête, passer au débotté du rôle de Shéhérazade à celui de la conchita de service avait immédiatement jeté un froid sur les ardeurs de la belle étudiante !

* * *

D'ailleurs, la Bête se tapait fièrement dans les mains, ce qui masquait surtout un puissant et inédit sentiment d'humiliation face à l'affront qui venait de lui être fait : se sentir tout d'un coup pareille à une déjetée que son Hans aurait si vite oubliée ? Entre la colère ou les larmes, la Bête des enfers qu'elle était avait choisi la rage.

— Et voilà ! faisait-elle devant son client un peu gêné, et elle rajouta encore : Qu'il y retourne et j'irai personnellement lui botter les fesses au Don Juan de service. Maintenant que vous m'avez indiqué ce Carrousel, je n'hésiterai plus !

Mais son interlocuteur, jusque-là si tranquille, sembla soudainement pris de panique :

— Ah non mademoiselle, n'y allez surtout pas !

— Je vais me gêner tiens !

Et comme la Bête, altière, semblait vouloir faire soudainement ses premiers pas dans ce Carrousel noir, le grand bonhomme la rattrapa par le bras :

— Non ne faites pas ça ! Attendez que je vous explique, vous ne pouvez pas aller dans le monde des vivants par là... Mademoiselle, attendez !

— Mais pourquoi ne pourrais-je pas ? fit-elle en se défaisant sèchement de son emprise.

— C'est que ce que vous avez devant vous n'est pas vraiment le Carrousel, c'est son miroir. Et comme dans un miroir, tout y est inversé, même le temps. Et

45

d'ailleurs, vous avez remarqué : il ne vous repousse pas à son approche, au contraire, ce *Miroir* vous attire, il vous happe et vous entraîne dans son tourbillon si vous avez le malheur de trop vous en approcher. Si ça devait vous arriver, il n'y aurait pas grand monde pour vous tendre la main et vous tirer de là, je vous le dis!

— Qu'est-ce que vous me chantez-là? demanda-t-elle avec les poings sur les hanches, vous m'avez l'air décidément bien renseigné vous!

— Je vous expliquerai à l'occasion, fit-il en balayant la question, seulement, suivez mon conseil mademoiselle : ne vous approchez jamais du *Miroir*.

La Bête se trouvait de plus en plus confondue par ce qu'elle entendait :

— Mais dites donc vous, au fait qui êtes-vous vraiment? Quel rôle jouez-vous là-dedans? C'est que je ne vous connaît pas! Vous me parlez de ce *Carrousel-Miroir* que je n'avais jamais vu, comme si vous le fréquentiez quotidiennement... Si ça se trouve, vous en sortez!

— Oh, non non non! faisait le bonhomme en se disculpant d'avance, personne ne vient du *Miroir*, au contraire, c'est votre maître qui y envoie des âmes pour quelques sales besognes chez les vivants.

— Quoi?... Mon maître Satan qui... non mais décidément vous me racontez n'importe quoi vous!

— Mais non, je vous jure mademoiselle!

— Enfin ça n'est pas possible! Satan déteste venir ici, vous n'en verrez pas une corne!

— Eh, pourtant, il est venu, et pas plus tard que tout récemment...

— Mais décidément, vous êtes un illuminé vous, carrément!

— Moi? Ah non pas du tout! fit le grand bonhomme piqué au vif.

— Vous prétendez que mon maître est venu ici?... et récemment?... et pour envoyer une âme là-dedans?

À chaque virgule, le grand bonhomme faisait oui de la tête. Il termina enfin par :

— Vous ne me croyez pas hein? Décidément j'ai l'habitude! Mais je vais vous montrer les traces, et alors, comme tous les autres, vous aussi vous croirez!

* * *

La bouche du grand bonhomme dessina le sourire d'une satisfaction garantie par contrat, et il invita la Bête à le suivre... pas longtemps d'ailleurs puisque après avoir longé le carrousel sur une faible distance, il s'arrêta enfin. Et en croisant les bras, d'un regard, il désigna sur le sol des traces régulières qui allaient nettement en direction du Miroir.

La Bête n'en croyait pas ses yeux « *Ah ben ça alors !* » arrivait-elle à peine à prononcer.

— Vous me croyez maintenant?

Mais comme la Bête ne pouvait plus répondre quoi que ce soit, il rajouta d'un air blasé :

— Pour ma part, j'aurais bien rajouté un lieu commun, mais bon... Enfin, regardez donc la seconde trace.

— La seconde trace?

— Oui, vous voyez, ils sont deux à marcher!

La Bête se pencha pour découvrir dans la poussière, en plus des pas de pieds nus d'un de ses pensionnaires, les marques de chaussures à talon et aux semelles bien lisses. Et c'est même son petit grillon qui sautilla pour lui montrer, parallèlement à ces traces, les marques régulières d'une... canne.

Stupéfaite et ne tenant plus sur ses jambes, la Bête s'assit devant les traces dont elle n'arrivait plus à décoller son regard. « *Mon Dieu...* » lâcha-t-elle comme dans un soupir.

— Oui ?

— Alors c'était donc vrai, mon maître vient ici et conduit des âmes vers ce Carrousel !

— C'est ainsi qu'il a la prétention de régler certaines affaires, fit le bonhomme en haussant les épaules, moi, j'aurais fait autrement.

Chapitre IV

Le piège

L E TEMPS AVAIT PASSÉ, et depuis son rocher, la Bête n'arrivait toujours pas à accepter ce qu'il lui avait été donné de voir aux frontières de son domaine. Elle tournait en rond, pestait, rageait à chaque instant, prise au piège d'un trop d'événements qui se bousculaient dans un ordinaire habituellement si morne.

D'abord, il y avait la découverte de ce *Miroir du Carrousel* et dans lequel, elle avait eue la vision de son amoureux, incapable de tenir la bride de son désir, qui flirtait avec une autre fille ; et puis il y avait les traces si évidentes de son maître dans la poussière, le Diable qui envoyait à son insu des âmes damnées chez les vivants. Et enfin, cet étrange personnage à l'œil brillant et aux commentaires licencieux, ce bonhomme qu'elle ne connaissait ni n'Adam ni d'Ève, ce grand hère qui prétendait aller et venir à sa guise dans son domaine, et qui en plus, s'était éclipsé sans qu'elle ne s'en rendît compte, et sans qu'elle pût jamais le retrouver.

Elle s'était assise devant ses diamants polis, le dernier à peine entamé, travail pour lequel elle ne se sentait plus d'inclinaison. La tête dans les genoux, elle se perdait en conjectures. Ses idées jouaient du ping-pong entre son Hans d'un côté, les révélations du Carrousel de l'autre, et sa *raison d'être* qui lui commandait de mettre résolument de l'ordre dans des enfers qui semblaient lui échapper totalement.

— Toi mon Hans, tu ne perds rien pour attendre ! dit-elle d'abord histoire de confiner son Don Juan en salle d'attente, avant le rendez-vous où elle réglerait ses comptes avec lui.

Puis, concernant son étrange guide, cette âme inconnue au recensement, et qui, malgré son accommodante bonhomie, avait tout du lascar préparant un mauvais coup, un coupable prédestiné, elle se dit qu'elle finirait bien par le retrouver un jour : l'infini des enfers n'en était pas encore à l'indénombrable et il suffirait de soulever le manteau de chacune de ses âmes pour retrouver le bonhomme... Facile !

Ne restait que les traces découvertes sur le sol, celles d'un de ses pensionnaires et de son maître Satan. Une question devenait alors lancinante : qui pouvait bien être cette âme tirée des enfers par Satan et pourquoi... ou mieux : et pour qui ? Quel allait être le malchanceux mortel qui allait devoir accueillir une âme maudite en plus de la sienne dans son enveloppe ?

C'est cette forfaiture qui lui parut dorénavant la moins supportable, et aucune pensée plus urgente que d'aller illico régler ce mystère.

* * *

Elle décida donc séance tenante de retourner vers les traces, qu'elle retrouva rapidement, et qu'elle entreprit aussitôt de remonter jusqu'à leur origine. Ce ne fut pas très long : la fameuse recrue de Lucifer ne créchait pas très loin des limites *fermées* des enfers —limites qu'elle venait de découvrir—, cette âme devait être une âme particulièrement noire. D'ailleurs, quand elle arriva au bord d'un fossé d'où était sorti cet esprit maléfique, la Bête comprit instantanément qu'il s'agissait de Sok Chea, le tortionnaire [1].

Quelle horreur : Satan avait ramené ce serpent de Sok Chea chez les vivants ! Il avait envoyé ce malade habiter une enveloppe humaine tel un démon ; le plus terrible des spectres qui allait sûrement posséder sa victime jusqu'à la plus extrême folie !

La pauvre Bête ne comprenait plus. La main sur la bouche comme pour lui éviter de se répandre en un cri d'effroi dans un enfer qui n'est que silence, elle tournait en rond au-dessus du fossé où ne restait que le manteau de boue de Sok Chea, soigneusement plié en attendant son retour.

Machinalement et avec une étrange résolution, elle retourna en direction du *Miroir*. Elle suivit les traces, en avançant lentement vers une obscurité toujours plus

---

1. CARROUSEL – Livre V : *Sok Chea*

51

profonde, et laissant à ses yeux les longues minutes né-
cessaires à leur adaptation à la nuit compacte.

Enfin, le Carrousel était là, tel un boyau vaporeux
serpentant au raz du sol dans d'étranges et ténébreuses
circonvolutions. il était tellement différent du puissant
Carrousel de la Vie qui, sur l'autre rive du Styx, filait
dans les montagnes comme un train rapide dans la neige
blanche, rugissant de sa puissance, irradiant de sa clarté,
et soulevant un vent puissant qui s'opposait à son approche. Ce *Miroir* se traînait lamentablement en se ca-
chant dans le noir, sans bruit et sans vent, si ce n'est un
étrange courant d'un air qui aspirait tout à lui et devenait plus fort à mesure qu'elle s'en approchait.

* * *

Forte de son expérience, la Bête n'eut pas à chercher
longtemps : très vite, elle repéra la silhouette fantoma-
tique de Sok Chea qui déambulait tel un zombie chez
les vivants.

C'était bien lui, un spectre reconnaissable à ses yeux
caves et sa gueule de hibou sale, invisible de tous si ce
n'est sous la forme à peine perceptible d'une vapeur,
marchant encore dans de sombres ruelles à la recherche
de sa proie.

En-dehors du Carrousel, la Bête ne pouvait qu'observer... et encore : tout était si sombre et le fantôme de
Sok Chea comme une ombre dans le monde vivant, il
était difficile de le suivre à la trace.

Mais en levant les yeux, elle reconnut dans le
tableau, l'immeuble de son amour : de son Hans !

La coïncidence était par trop exceptionnelle : que faisait ce spectre si près de son amoureux, sur une planète pourtant si grande ? Son maître, Satan, l'aurait-il envoyé là par pure vengeance ? pour punir, d'une manière si infâme, son Hans de ses victoires qu'il avait toujours estimées frauduleuses ? Prise de panique, elle chercha les tableaux de vie de son ami... où était-il donc ?

Elle connaissait l'immeuble, chaque étage... il n'était pas chez lui et pourtant, elle sentait sa présence toute proche. Elle passa de rage au tableau suivant, c'est-à-dire chez la maudite sociologue du dessus !

Et bien sûr, il était encore là, le... Oh !... le grand flandrin tranquillement assis à la table de cette haïssable bringue rousse qui lui versait du thé en se penchant ostensiblement vers lui, dévoilant aux yeux pétillants du garçon quelques jolies rondeurs blanches, gentiment saupoudrées de taches de son.

La Bête ne put s'empêcher de pousser un cri de rage !

* * *

— Vous n'avez rien entendu ? demanda Hans à l'étudiante.

— Mais non ! Que fallait-il entendre ? fit cette dernière en relevant sa théière avec élégance.

Et qu'aurait-elle pu entendre d'ailleurs, toute absorbée qu'elle était par son marivaudage, par l'écoute de son sang de jeune fille qui frémissait dans ses veines ? C'était la première fois qu'elle invitait un homme, et la première fois, peut-être, qu'elle se sentait une jeune femme dans toute sa poésie. Alors ses beaux atours, ses fantaisies féminines, ses yeux qui dessinaient pour Hans leurs plus beaux sourires, et ses jambes, enfin, qu'elle croisait haut en s'asseyant près de lui, achevaient son programme de séduction en emplissant sa petite chambre d'étudiante d'irrésistibles ondes capiteuses...

Mais Hans —qui, dans l'intervalle d'un regard indiscret, se gorgeait de cet alcool merveilleux— serra les coudes et se redressa sur sa chaise. Il tendit les oreilles autant que tous ses autres sens...

— Eh bien ? demanda encore l'étudiante.

— Non, rien... j'ai cru entendre...

Mais il fronçait les sourcils. Parce que même s'il n'avait rien entendu de très net, ce *rien* était chargé de surnaturel, et qu'il y avait alors de quoi s'inquiéter.

Et voilà ! La petite cérémonie du thé de sa charmante voisine se trouvait soudainement entachée d'un biais définitivement inquiétant. Craignant un grotesque impair, Hans soupira quelques mauvaises excuses « *Je suis désolé... j'oubliais un travail... je dois y aller...* » Il posa sa petite serviette délicatement sur la table près de la coupelle à biscuits en porcelaine dorée, se leva et prit la direction de la porte.

— Mais...

Il disparut sans rajouter un mot.

La jeune fille restait seule avec ses questions, regardait tout autour d'elle pour tenter de comprendre la soudaine réaction du garçon. La passion amoureuse aidant, ça n'est évidemment pas sur lui qu'elle rejetait la cause d'un comportement si étrange, mais cherchait anxieusement ce qui avait pu faire *bugger* son programme : le thé sur la table, sa jupe trop courte, une tache sur son chemisier, son décolleté peut être trop osé ? Elle regardait partout sans voir le spectre Sok Chea qui s'approchait, telle une ombre tournant autour de la demoiselle, cette vapeur grise de putréfaction et d'égout sans odeur, invisible, mais qui reniflait le parfum de vie jeune fille... jusque dans son cou.

Mais l'étudiante sembla tout d'un coup deviner quelque chose ! Elle se retourna instinctivement... sans rien voir du spectre qui, tout proche de son visage, la regardait et qui, comme une brume, finit par s'effacer lentement dans les limbes.

* * *

Hans était redescendu dans son meublé, toujours attentif, et les sens aux aguets. Il était persuadé qu'il se passait quelque chose... qu'il allait se passer quelque chose, alors il écoutait...

Mais il n'était pas entré plus loin que la tablette de l'entrée, sur laquelle il avait l'habitude de déposer ses clés, qu'il vit la Bête devant lui ! Sa Bête qui semblait effarée, les yeux exorbités, la jupe déchirée et les cheveux en bataille...

C'était donc elle, sa Bête, sa jolie Bête qui lançait aussitôt son cœur dans une galopade folle ; depuis quand ne l'avait-il pas vue ? Il ne voulut même pas compter les mois, de peur de se trouver dans l'obligation de ne plus la reconnaître ! Mais toujours est-il que ça ne pouvait être qu'elle la responsable de ces explosions, de ces mini-tremblements de terre, jalouse qu'elle était de la rouquine du troisième... c'était évident ! Il

55

voulut lui dire combien elle lui manquait... qu'elle lui manquait même dangereusement. Mais il se retint et se contenta d'un large sourire en laissa choir ses clés sur la tablette, avec un :

— Mais vous êtes là ?

Sauf que devant lui, sa Bête semblait comme perdue, et lui tenait des propos totalement incompréhensibles. Hans n'y discernait aucun mot. Il se mit en arrêt, tellement la situation devenait incongrue. Du regard, il fit un rapide tour d'horizon de son appartement qu'il découvrait... sans dessus dessous !

Devant lui, sa Bête paraissait maintenant se calmer alors Hans fit vers elle un premier pas pour la prendre dans ses bras, elle qui, étrangement se mettait à arranger un peu sa tenue, s'épousseter d'un étrange dépôt de cendres sur ses vêtements tout en articulant des mots d'une langue étrange... Mais tout d'un coup, apparut l'ombre d'un nuage vert dans la pièce, et sortant de ce nuage —à reculons—, l'hideuse silhouette d'un fantôme, un affreux personnage gris et sans couleur, au tronc complètement déjeté et aux doigts tordus, comme ceux qu'il avait pu voir dans les enfers sous leur manteau de boue, à peine vêtu de haillons, décharné mais dont chaque muscle était tendu par la haine.

Et incroyable, cette... chose, bondissait sur la Bête et tous les deux y allèrent d'un combat terrible dont la stratégie et les assauts ne semblaient avoir aucun sens. Hans revint contre le mur pour être le spectateur d'une étrange lutte entre sa Bête et une de ses âmes damnées échappée des enfers, un combat aux rugissements et aux cris indéfinissables, un combat où les coups portés par la Bête semblaient... reculer, où les meubles, depuis le sol, semblaient se relever !

L'assaut ne dura que quelques secondes puisque, échappant soudainement des mains de la Bête qui disparaissait dans l'air, le fantôme après avoir fait la grimace à celle qui s'en allait, s'approcha de Hans, sa gueule affreuse jusqu'à quelques centimètres de son visage et... disparut à son tour.

Le jeune homme ne comprenait rien à ce qui venait de se passer.

Seul dans son appartement maintenant vide et silencieux, ou rien ne semblait avoir bougé, où les meubles étaient revenus à leur place, Hans avait la respiration bloquée au fond de sa gorge : rien de ce qu'il venait de voir n'avait de sens; cette scène qui venait de se dérouler sous son nez, était, pour son cerveau, totalement incompréhensible.

Il sentait ses jambes vaciller, et sa respiration, trop longtemps en suspens, reprendre enfin... N'y tenant plus, il se laissa glisser le long du mur.

* * *

C'est que, quand la Bête avait compris que son Hans allait être la cible du démon Sok Chea, elle entra dans une fureur folle. Il était maintenant évident que c'était bien pour punir l'homme, que son maître, Satan, lui dépêchait un spectre !

Pour se venger de lui !

Jusqu'ici, le jeune Hans Jacob avait déjoué tous les plans du Diable, contrecarré ses projets, et même réussi quelques fois à ridiculiser le grand Lucifer en personne. Certes, les confrontations n'en étaient pas pour autant des batailles et elles étaient restées discrètes, sans témoin gênant, et de surcroît, pas forcément en la défaveur du Maître, mais la Bête savait que Satan, vieux rancunier qu'il était, avait la vengeance facile et le talion au bout de sa canne.

Mais de là, à lui envoyer un spectre ! De là à faire avec la démonologie de bas étage ! Oh, mais quelle bassesse... Alors, non, n'y tenant plus, au moment où Sok Chea avançait tranquillement vers son Hans pour envahir son enveloppe corporelle, sans réfléchir, elle sauta immédiatement dans le *Miroir* !

Pour le spectre, la surprise était de taille : alors qu'il ne se tenait plus qu'à quelques centimètres de sa proie, le jeune et croquant Hans Jacob, il vit soudainement arriver à lui son cerbère redouté : la Bête de l'apocalypse en personne ! Lui qui se croyait libéré de son joug —et sur ordonnance particulière du Maître— son visage se remplit de frayeur.

Projetée dans le monde des vivants, la Bête empoigna le démon Sok Chea, et sous les yeux effarés de l'homme, tous deux roulèrent dans les airs et sur le sol, en se jetant des coups de griffe, des coups de poing et de crocs, accompagnés de leurs râles les plus terribles.

Du coin de l'œil, la Bête voyait son Hans ahuri qui assistait à leur combat, en ne paraissant rien y comprendre.

Mais forte de sa puissance, c'est très rapidement que la Bête prit le dessus sur un démon peu téméraire qui préféra se retirer dans un nuage vert de putréfaction plutôt que de risquer de nouvelles et vaines charges contre sa gardienne surpuissante.

À moitié satisfaite de la retraite de son ennemi, la Bête se redressa lentement, débarrassant nerveusement ses bras de cette poussière démoniaque.

— Tu peux me remercier, disait-elle alors à son Hans toujours immobile, il s'en est fallu de peu que ce démon ne prenne possession de toi.

Mais lui, visiblement pas encore disponible ni de corps ni d'esprit, restait sans répondre, les yeux exorbités.

— Que t'arrive-t-il, n'es-tu pas content de me voir venir à ta rescousse ? demanda-t-elle encore.

Elle resta une fraction de seconde à le dévisager, quand, elle vit sous la main droite de l'homme, les clés de la tablette remonter dans sa main, et lui, de lui dire quelque chose d'incompréhensible.

En une fraction de seconde, elle comprit ce qui s'était passé. Le grand bonhomme des enfers lui avait lancé cet avertissement qui lui revenait maintenant en pleine poire : « *Dans le Miroir, tout est inversé, même le temps !* » et en effet, ce qui tombait remontait, ce qui avançait, reculait, et même son Hans parlait... à l'envers !

Elle regarda partout, un instant envahie par la panique... panique de se savoir dans le piège du *Miroir*.

* * *

Plusieurs heures avaient passé. Pendant longtemps, Hans était resté assis devant un verre d'une forte *Berliner Luft,* —son troisième—, se perdant en conjectures, et essayant en vain de se repasser le film des événements auxquels il avait assisté. Et puis le soir était venu, et avec lui, l'appel insistant d'un sommeil qu'encourageaient ces quelques verres d'alcool.

Affalé tout habillé sur son lit, il se croyait déjà en plein rêve quand il se sentit secoué dans son sommeil. Et dans l'obscurité de sa chambre, seulement éclairée par les pâles lumières de la rue, il reconnut la Bête qui le remuait tout en lui tenant des propos inintelligibles : « *Hans réveille-toi, il faut que tu m'aides.* »   Mais à peine se réveillait-il, qu'elle disparut.

Cette nuit-là, les étranges apparitions de la Bête se multiplièrent, toujours incompréhensibles. À chaque fois, elle arrivait n'importe où, et baragouinait quelques mots avant de s'effacer. Hans avait à peine le temps de regarder autour de lui, qu'elle revenait encore du néant avec force gestes et surtout, avec la voix d'un affreux klaxon.

À chaque apparition, elle semblait toujours plus paniquée, criait de plus en plus souvent, se tenait la tête, levait les mains comme pour supplier son Hans d'intervenir. Elle avait pour lui des yeux... et un regard, à vous soulever au-dessus de vous-même; assurément, il y avait un danger, pour sa Bête ou pour lui, voire même pour les deux.

Enfin, quand elle se mit à répéter en se tenant la tête : « *Hans, Hans...* » une lueur apparut dans les yeux du garçon : il chercha autour de lui un court instant, et se précipita hors de son appartement; il franchit le palier pour aller directement en face, frapper à la porte des deux étudiants Günter et Peter où il tambourina jusqu'à ce que Peter, en pyjama, lui ouvrît enfin :

— C'est vous Hans, qui frappez ainsi ? Que se passe-t-il ?

— Peter, votre magnétophone à cassettes... les piles sont encore bonnes ?

L'étudiant ouvrit grandes des paupières encore collées :

— Euh, je pense oui, elles étaient neuves ce matin... Vous avez besoin de piles à cette heure ?

— Mais non, fit Hans énervé qui tendait déjà une main pressée, prêtez moi votre magnétophone s'il vous plaît !

Quelques secondes plus tard, abandonnant son étudiant ahuri sur le devant de sa porte, Hans revenait chez lui avec l'objet dans ses mains, gros comme un bouquin, et dont il vérifiait déjà le fonctionnement. Puis il alla directement s'asseoir à la petite table, sur laquelle il posa le magnétophone, en même temps que du tiroir, il sortait un crayon, du Scotch et une paire de ciseaux. Il prit soin de bien aligner l'appareil devant lui, et d'actionner le rembobinage rapide de la cassette.

Le moteur tournait, Hans respira un bon coup en guettant déjà, dans l'obscurité autour de lui, une éventuelle apparition de sa Bête. La cassette arriva rapidement à son début, alors il posa deux doigts sur les touches d'enregistrement, sans pour autant appuyer... et attendit.

Ainsi qu'il l'escomptait, il n'eut pas longtemps à patienter : comme précédemment, la bête sortit de nulle part juste devant lui ! Alors comme par réflexe, Hans déclencha l'enregistrement.

* * *

Sous la forme d'une silhouette vaporeuse, au travers de laquelle Hans pouvait voir la lumière de sa fenêtre, la Bête était assise à la table, juste devant lui. Une nouvelle fois, elle lui raconta avec mille gestes et une voix de ferraille, des choses totalement incompréhensibles.

Quand elle disparut, Hans se lança sans attendre dans une opération frénétique : il commença par éjecter la cassette, tirer sur la bande magnétique, suffisamment pour la sectionner une première fois avec les ciseaux, puis il tira dessus, un bon mètre, jusqu'à la couper de nouveau à son début. Enfin, il retourna le brin libre, et le repositionna dans la cassette après l'avoir scotché aux deux extrémités et rembobiné avec un crayon fiché dans son axe.

Il n'hésita qu'une seconde avant d'appuyer sur *PLAY* et d'entendre alors dans le haut-parleur une voix qui lui était enfin familière :

« Hans, c'est terrible, je suis bloquée dans le Miroir du Carrousel. C'est comme si tout se passait à l'envers et dès que j'essaye de faire quelque chose, le Miroir m'éjecte du tableau. Toute seule, je ne peux pas m'échapper Hans ! Il faut prévenir mon Maître, lui seul peut me tirer de cette prison. S'il te plaît mon Hans, il faut prévenir Satan pour qu'il vienne me sortir du Miroir ! »

Le menton sur ses poings, Hans écoutait attentivement. Quand le silence ce fit, il tendit la main pour stopper la cassette quand :

« Et puis, c'est qui cette poule rousse d'abord ? »

* * *

Plusieurs fois, Hans rebobina la bande pour réécouter le message. Par-delà la jalousie maladive de sa Bête, certaines choses devenaient plus claires : elle faisait des apparitions « *à contre-temps* » dans ce qu'elle appelait son *Miroir...* La logique de ce qui s'était passé précédemment lui apparut alors nettement. Pour elle comme pour lui, tout ce que faisait l'autre était inversé. Mais ses actions ne pouvaient en aucun cas s'opposer à la *flèche du temps* : si sa Bête devait contrevenir aux bons vieux principes de causalité de l'univers —la conséquence ne pouvant pas pré-exister à la cause— elle se trouvait éjectée illico.

Hans comprit que dorénavant, les apparitions de sa Bête ne pouvaient être que très ponctuelles.

Mais pour communiquer avec elle, il ne se voyait pas manipuler, à longueur de journée, les bandes de magnétophone avec Scotch et ciseaux. Il fallait trouver autre chose...

Alors quelques minutes plus tard, quand la Bête fit sa nouvelle apparition devant Hans, ce dernier avait posé, bien en évidence sur la table, une feuille de papier et un stylo. La Bête comprit et s'en saisit immédiatement. Frénétiquement, elle parut écrire quelque chose, et à peine arrivée au bout de sa ligne, elle disparut.

Hans ramena la feuille devant ses yeux :

« Réponds ! C'est qui cette pouliche de bastringue ? »

Alors il ouvrit le tiroir de la table, il y plongea la main et fouilla un instant avant d'en sortir une petite

63

glace, résidu d'un miroir brisé et qui pouvait rendre bien des services pour bricoler. Il l'appliqua donc sur le côté de la ligne de hiéroglyphes, ajusta délicatement le reflet pour lire... et sourire.

* * *

Pour la Bête, disparaître n'était pas du tout son objectif. Aussitôt qu'elle avait secoué son Hans dans son sommeil, elle se sentit comme happée hors de la chambre, au moment où l'homme commençait d'ouvrir les yeux. Et malgré elle, elle se trouvait propulsée en dehors du *tableau* du Carrousel où elle était entrée.

Mais elle n'était pas pour autant éjectée du *Miroir* : elle naviguait entre deux eaux, devant l'infinité des tableaux de vie qui défilaient sous ses yeux, mais sans pour autant pouvoir s'échapper du ventre du serpent : le *Miroir du Carrousel* la ramenait toujours à lui malgré ses tentatives répétées pour en sortir, malgré ses bonds et ses sauts pour s'en extraire. À chaque fois, un vent violent s'opposait à sa sortie, une tornade la ramenait en son sein.

Alors elle replongeait dans un autre tableau : celui où son Hans était complètement réveillé et se demandait en se grattant la tête, ce qui s'était passé pour être ainsi sorti de son sommeil. Ainsi faisait-elle de multiples apparitions devant lui, comme sortant de nulle part « *Hans, mon Hans, tu m'entends ?* »

Mais il ne répondait pas, il ne comprenait rien... et elle non plus de ce qu'il répondait.

Elle finit par se rendre compte que dans le *Miroir*, l'envers de l'un devait donc aussi être l'envers de l'autre, mais aussi que, dès qu'elle devait être la cause du moindre événement, le *Miroir* l'éjectait, comme deux aimants qui se découvrant soudainement d'une même polarité et se repoussaient alors violemment. Ce faisant, ses apparitions dans le monde des vivants ne pouvaient être que de courte durée, et avec le minimum d'effet.

Alors quel bonheur de voir son Hans, toujours aussi malin, dérouler cette bande magnétique pour l'écouter à l'envers... et enfin comprendre ce qu'elle lui disait! Oui, il allait la tirer de là, c'était sûr. Son Hans, le meilleur, allait trouver un moyen pour prévenir Satan, qui viendrait alors la libérer.

Bien sûr, pour sa petite bêtise, le Maître lui ferait une colère de quelques siècles, tout au plus... Mais d'abord, ça n'était pas sa bêtise à elle : si son escogriffe de Hans ne s'était pas entaché de duplicité avec la rouquine... avec cette... D'ailleurs, il était plus que temps de lui demander quelques explications à celui-là !

Son Hans souriait de son message et elle en gonfla les narines. Mais une autre préoccupation refaisait surface : Sok Chea tournait toujours dans les parages ! Et si ce démon s'était momentanément éloigné, nulle doute qu'il allait revenir à la charge pour la possession de son Hans. Fallait-il lui en parler ? Que pouvait-il faire le cas échéant ? Rien sans doute puisque malgré ses quelques dons, il n'avait pas, pour autant, le pouvoir de s'opposer à un démon qui lui tomberait dessus.

C'était donc à elle, de veiller sur son Hans jusqu'à sa prochaine libération... D'ailleurs, elle se promit qu'une fois en dehors du *Miroir*, ça sera aussi au tour de son Maître, le Diable, de lui fournir des explications.

* * *

À son apparition suivante, Hans avait préparé un papier sur lequel il avait écrit : *« J'ai une idée : pour appeler Satan, allons voir un exorciste ! »* et pour que la Bête puisse à son tour, lire le message, la petite glace avait été déposée juste à côté… comprendrait-elle ?

Oui : la Bête arriva soudainement de nulle part, toute souriante, et se mit à lire la petite ligne en tenant la glace bien calée dans sa main. Et puis voilà qu'elle se mit à ajuster le petit miroir en le passant d'une main à l'autre, jusqu'à le reposer enfin : les choses se passaient encore et toujours, dans l'ordre inverse.

Dans les minutes qui suivirent, rien n'arriva de la Bête pour signifier à Hans qu'elle s'opposait à son plan. Elle était donc partante, il ne faisait pas de doute qu'elle allait le suivre pas à pas dans sa quête, le suivre jusqu'au-dehors de chez lui, dans les rues, à la recherche du seul personnage qui lui semblait susceptible de les mettre en contact avec le Diable : l'exorciste de Iéna.

Chapitre V

L'exorciste

AU PETIT MATIN, Hans avait pris ses dispositions pour se rendre en autocar à la ville voisine de Iéna, l'une des rares possédant un presbytère catholique dont la rumeur publique disait que ses prêtres se livraient à des exorcismes. Assis à l'arrière d'un poussif autocar *Icarus-66* qui assurait la liaison avec la grande ville, Hans se préparait à attendre une bonne heure avant d'arriver à destination.

Mais avec âpreté, il ruminait un empressement qu'il regrettait maintenant : un exorciste ! Comme si le maître absolu des enfers allait être à l'annuaire des prêtres du clergé ! Mais voilà, c'est que devant le désarroi de sa Bête il avait du prendre une décision rapide... loin d'être la meilleure, se disait-il.

Mais cette décision cavalière avait l'avantage de lui donner du temps, du moins, de retarder les choses. Il regarda sa montre... il avait encore une bonne heure pour élaborer un plan... un bon !

Mais quel plan bon Dieu ?

Sans réponse immédiate, il baissa les yeux pour faire le tour de ce qu'il avait emporté avec lui dans un petit sac de toile : un peu d'eau dans une gourde d'aluminium, quelques pommes, et surtout son bloc-notes avec un crayon, et enfin dans un mouchoir, le nécessaire petit miroir. Il s'attendait bien à ce que sa Bête l'accompagnât d'une manière ou d'une autre. Mais peut-être aussi, se contenterait-elle de le retrouver une fois à destination...

* * *

Le voyage ne faisait que commencer. L'autocar avait quitté le petit village de Hans, perché dans les montagnes, et empruntait maintenant les routes sinueuses qui en descendaient en direction de la prochaine grande agglomération. À son bord, il n'y avait encore qu'une poignée de voyageurs et la plupart d'entre eux occupait déjà les meilleures places, c'est-à-dire à l'avant, loin du bruyant diesel de l'*Icarus* qui vibrait sur l'essieu arrière. Ce tintamarre importait peu pour Hans qui s'était depuis longtemps accommodé de l'inconfort notoire de ces engins qu'il empruntait quotidiennement pour ses déplacements. Mais surtout, il estimait qu'occuper la large banquette en fond de car, le mettait hors de vue de la majorité des passagers en cas d'apparitions soudaines de sa Bête.

À l'arrêt suivant, perdu au milieu d'une vallée encaissée, de nouveaux passagers attendaient au bord de la route. Les portes automatiques s'ouvrirent et les voyageurs grimpèrent les trois marches pour acheter leur ticket et se trouver le plus vite possible une place à l'avant. Le conducteur saluait chacun d'eux avec une attention particulière. Mais le dernier passager, d'une allure franchement louche, déguenillé, encapuchonné, passa comme une flèche devant le chauffeur, sans s'arrêter.

— Eh vous-là! fit-il aussitôt en levant la main pour rappeler son contrevenant : Monsieur, votre ticket s'il vous plaît!

Mais sans réponse de son bonhomme, le conducteur grogna tout en terminant de ranger sa monnaie. Puis il se leva promptement de son poste de conduite et se retourna vers ses passagers. Devant lui, l'allée des sièges s'avançait jusqu'au fond de son autocar, mais... sans son bonhomme : tous les passagers s'étaient assis, mais il ne voyait pas son contrevenant parmi eux. Il chercha encore un petit moment, prenant bien soin de dévisager chaque visage —avec un sourire crispé pour ceux qu'il connaissait— puis s'étonna lui-même de ne pas l'y retrouver. Mais face aux regards interrogateurs de ses clients, il se résigna, et tout en fronçant les sourcils, retourna à son poste... Horaire oblige.

Il n'y eut que Hans, à ce moment-là, pour voir le personnage avancer vers le fond de l'autocar. Et il ne mit pas longtemps pour reconnaître, sous sa capuche, la face du démon qui, la veille, avait été aux prises avec la Bête. D'ailleurs, l'ayant aperçu à son tour, le spectre lui adressa un sourire cadavérique dont l'essentiel des dents n'avaient pas fait partie du voyage.

Alors pris d'une soudaine panique, à court d'idée et de moyens, Hans s'enfonça d'abord le plus profondément possible dans son siège, et puis il plongea sa main dans son sac et balança toutes ses pommes à la face du démon... sans effet évidemment, celui-ci étant par définition immatériel. Mais sans que Hans eut le temps de creuser cette idée, sa gourde d'eau suivit et il se servit même du sac pour tenter de tenir le démon à distance. Peine perdue : le monstre approchait toujours, ses lèvres frémissaient déjà !

Mais dans son rétroviseur, la scène n'échappa pas au conducteur. Ses nerfs ne firent qu'un tour : il freina brusquement —ce qui tira le démon en arrière, donnant à Hans un léger répit— et arrêta son véhicule au milieu de la route. Puis il se leva en criant :

— Ah ! je vous retrouve mon resquilleur... Et en plus, on s'en prend à mes passagers !

Le démon se retourna furtivement pour voir arriver vers lui le conducteur qui se retroussait les manches :

— Allez mon gaillard, vous sortez ! Dégagez de mon bus !

Mais ses cent-vingt kilos n'allaient pas arrêter le fantôme. Il allait bondir sur Hans qui moulinait désespérément de son sac de toile, quand un petit *« tût tût tût... »* se fit entendre sur la banquette juste à côté du spectre. La Bête était là, assise lascivement et qui se faisait les ongles... ou plutôt les griffes : des serres de rapace, longues comme des poignards, et qu'elle déployait une à une en le regardant avec un large sourire.

Pour le démon Sok Chea, tout immatériel qu'il était, ces armes n'en étaient pas moins redoutables pour son âme déjà mille fois lacérée par la gardienne des enfers. Il en gardait le cuisant souvenir jusque dans les stigmates de sa peau. Il retint son bras déjà porté vers un Hans Jacob qui s'était mis en boule sur la banquette, alors que dans son dos, arrivait aussi le bras puissant du conducteur...

Avec satisfaction, la Bête avait fini de faire pousser les griffes et, en préliminaire, lui adressait un large sourire... Sok Chea faillit aussitôt en perdre les yeux de ses orbites ; il ne put réprimer un cri d'effroi, bondit et traversa la cloison arrière, pour se retrouver, roulé-boulé, sur la route et s'enfuir sur la nationale, toutes jambes à son cou sous son trop large manteau !

* * *

Le conducteur, le voyant détaler, sourit enfin et se frotta les mains avant de s'adresser à Hans : « *Ah ! Vous avez vu comme je l'ai fait fuir celui-là ?* » Celui-ci se redressait lentement, lui qui n'avait quasiment rien vu de la scène, et cherchait encore le spectre autour de lui.

— Pas d'inquiétude jeune homme, faisait encore le conducteur en revenant fièrement vers son poste de conduite, je sais encore forcer mes passagers à prendre la porte... la fenêtre...

Il s'arrêta sous les sourires béats des autres passagers, fronça une nouvelle fois des sourcils et se retourna vers l'arrière de son véhicule, là où il n'y avait ni porte ni fenêtre... du moins pas une par laquelle son client aurait pu sortir en bondissant comme il l'avait vu faire. Non ! Il n'y avait au fond du car que le jeune Hans qui cherchait sa Bête dans les derniers rangs.

71

Quelques instants après, l'autocar reprenait lentement sa route sous la conduite d'un chauffeur décidément pétri de questionnements. À l'arrière, Hans avait rassemblé ses affaires, récupéré ses pommes et son bloc-notes et avait repris sa place sur la banquette. Quand il vit que la Bête était là, assise sur le côté, il sursauta d'abord... et finit par lui dire à voix basse :

— Je présume que je dois vous dire merci, je...

Mais sous ses yeux, elle avait déjà le stylo en main et écrivait rageusement sur le bloc-notes. Puis elle posa le stylo sur le papier, fit la moue en ayant pour lui un regard chargé de reproches... et disparut.

Hans prit le temps de respirer, calmer les battements de son cœur, et se pencha enfin sur le message de sa Bête :

« Vraiment, qu'est-ce que tu lui trouves à cette fille ? »

* * *

Le reste du voyage fut marqué par de nouvelles apparitions de la Bête sur la banquette du fond. Par exemple, et alors qu'il commençait à s'endormir, Hans la sentit tout près : ses longues cuissardes de cuir lascivement étendues sur les sièges. La tête entre les épaules qui le regardait avec un sourire malicieux. Mais chose étrange, elle était en train de lentement reboutonner les boutons de son chemisier largement ouvert sur sa poitrine presque totalement nue... Un à un, chaque bouton était refermé, à chaque fois accompagné d'un petit spasme à ses lèvres entrouvertes; très lentement, la jeune femme fermait son chemisier, jusqu'au col.

Hans ne savait plus trop où se mettre, craignant que les derniers passagers, assis juste devant lui, ne se retournent à ce moment. Mais ils n'auraient vu qu'une jolie demoiselle refermant son chemisier, et qui, de surcroît, n'arrivait pas du tout à obtenir l'effet de son... ré-habillage !

L'apparition suivante ne tarda pas :

« *Elle a quoi de plus que moi alors ?* » écrivit-elle sur le bloc-notes.

Pour toute réponse, Hans griffonna à son tour :
« *Tu te fais des idées !* »

« *C'est parce qu'elle a une plus grosse poitrine ?* » insistait-elle avec rage une fois le message déchiffré.

— Poitrine, poitrine ! Comme s'il n'y avait que ça ! s'exclama-t-il tout fort.

Pas de chance, l'autocar venait de s'arrêter, et dans ce soudain silence, tout le monde se retourna vers le jeune homme...

* * *

« *C'est pour un mariage ?* » demandait le petit *père Egon* qui avait ouvert à Hans la porte du presbytère. C'était le petit curé d'une paroisse catholique, et de sa hauteur, Hans pouvait voir la tonsure naturelle d'un prêtre visiblement pas assez riche pour s'offrir autre chose qu'une soutane à la laine fatiguée et boulochée.

— Un mariage ? faisait Hans invité à entrer plus avant dans l'étroit et sombre couloir de l'antique bâtiment.

— La demoiselle derrière-vous a l'air tout heureuse, faisait le prêtre d'un ton blasé.

Hans se retourna, revint même jeter un œil dans la rue... évidemment il n'y avait personne. Il n'avait rien vu de sa Bête qui se tenait derrière lui alors qu'il attendait devant la porte du presbytère.

— Votre demoiselle, elle ne rentre pas avec vous ? demandait encore le père Egon. .

— Euh, c'est-à-dire que... elle nous rejoindra peut-être plus tard, répondit Hans en fermant défi-nitivement la porte derrière-lui.

Le prêtre demanda encore :

— Bon, alors vous venez pour quoi, monsieur... monsieur ?

— Hans Jacob, et je viens pour un exorcisme !

* * *

De son temps, le vieux père Egon avait été un grand exorciste dont la réputation s'étendait jusqu'à Rome. Même en Allemagne communiste, il s'était vu fréquemment consulté par le tout à chacun, mais aussi par des éminences du parti qui, sur leur âge avancé —ou bien seulement à l'annonce de leur incurable cancer—, venait voir le père Egon pour qu'on leur retirât ce qu'ils pensaient être un démon, plutôt que de chercher l'absolution.

Mais depuis ces temps héroïques, la foi du vieux père Egon s'était peu à peu dissoute dans le doute, dans le désespoir en l'humanité, et plusieurs litres de schnaps. Son mysticisme ayant définitivement perdu sa majuscule, ça faisait déjà longtemps qu'il avait décidé de déléguer les exorcismes à son apprenti : le jeune père

Julius, fraîchement ordonné prêtre et quelque peu féru d'exorcisme, mission pour laquelle il se formait comme le ferait un *compagnon* : en passant de presbytère en presbytère.

C'est ainsi qu'une fois à la cuisine du presbytère, le père Egon, invita le père Julius avec une inclinaison de la tête en direction de Hans : « *un exorcisme !* » Avec une curiosité non dissimulée, l'apprenti quitta aussitôt son journal pour aller voir le nouveau *possédé* : ce jeune homme qui avait pourtant l'air d'avoir la tête solidement fixée sur ses épaules.

C'est avec une réelle allégresse que le père Julius, à la soutane toute fraîche, sortit de la petite pièce carrelée pour inviter le jeune Hans à monter les escaliers de bois et rejoindre la chambre de l'étage supérieur.

— Mon fils, entrez et asseyez-vous, vous êtes dorénavant entre de bonnes mains, le Seigneur, notre Dieu qui habite ces lieux nous protège et vous aide.

— Euh oui ! Il faut que je vous explique, faisait Hans en s'asseyant sur le bord du lit alors que le prêtre fouillait déjà dans ses tiroirs à la recherche de quelques menus accessoires.

Et tout en venant s'asseoir sur une chaise en face du garçon, il récitait déjà :

— Et moi, père Julius, je suis le serviteur de Dieu et de son fils bien-aimé Jésus-Christ. Mon enfant, vous n'avez rien à craindre, confiez-vous à moi, le Saint-Esprit me donnera les paroles pour vous venir en aide.

— Oui alors, justement, ce dont j'ai besoin, c'est assez spécial...

— Ah! mon fils, faisait le père en battant déjà les paupières, n'enfermez pas votre âme dans la noirceur du malin, laissez-moi vous guider pour faire sortir la "bête" qui est en vous.

Il avait même prononcé ces derniers mots en insistant sur les guillemets, mais Hans y voyait autre chose :

— La... la Bête?... Ah euh non justement, vous n'y êtes pas.

— Mon enfant, poursuivit le père d'un air doctoral, les tentations de ce monde sont une bête qui vous dévore l'âme, en particulier la « *τό ἐπιθυμητικόν*[1] » que je devine si vaillante chez vous, et je suis sûr que c'est elle qui vous domine et hante vos nuits, de rêves qui sentent le soufre et le stupre, n'est-ce pas?

— Hein? Non mais pas du tout...

— Voyons mon fils, il ne suffit pas de le nier la tentation pour vous en affranchir!

— Mais enfin...

Mais rien du tout : le père Julius était intarissable :

— Tout bel homme que vous êtes, vous devez subir les affres de votre jeune âge! Ce que vous pensez être le démon qui vous possède n'est autre que la tentation de votre propre chair, avouez!

Hans regardait anxieusement autour de lui de peur que de tels propos attirent de nouveau sa jalouse de Bête. Dans cette crainte, il tendait même les mains en protestation :

— Non non, je vous en prie, mais taisez-vous donc, ça n'est pas ça du tout.

------

1. l'âme désirante

— Jeune homme, pour exorciser le démon, il faut d'abord le connaître, et *vous* avez les yeux remplis de ces formes rondes et tentatrices, je le vois dans votre regard !

— Mon Père, mais non non non ! Ce n'est pas de femme dont il est question, je vous le jure. Ce dont je veux vous parler c'est...

— D'hommes ? enchaîna aussitôt le père Julius avec un regard un peu oblique, dans ce cas mon fils, je peux vous dire que le démon est terrible, terrible !

— Non plus !

— Comment ça, non plus ? Vous n'êtes donc pas attiré par les hommes ?

— Pas du tout ! Mon Père, vous n'y êtes pas, je ne suis pas venu vous parler de... tout ça, mais du diable !

* * *

En effet, le père Julius n'y était pas, tout simplement parce que, sous ses atours de prêtre exorciste, il estimait que ces histoires de démons et de possession n'étaient que de sympathiques légendes, à la frémissante couleur, mais sur un fond, bien réel lui, de psychanalyse freudienne. C'est pour ça qu'il rajouta encore :

— Mais mon enfant, attirance physique et démons diaboliques, tout ça, c'est la même chose : des tentations bien humaines ! Ne vous inquiétez pas, nous allons régler tout ça et vous allez très vite m'avouer que vous êtes, comme tous les jeunes de votre âge, tentés par la chair et ses vertiges ! Exorcisme, exorcisme... Nous savons vous et moi que ce ne sont que des petits démons à la chair bien fraîche !

Mais ce brillant soliloque tourna court : en ouvrant les yeux qu'il tenait clos presque à mi-temps, le prêtre découvrit assis sur le lit à côté de son client, une jeune femme sortie d'on ne sait où, à pantalon et cuissardes de cuir noir... une créature étrange qui semblait réprimander le jeune homme dans une langue incompréhensible, et qui, d'un bras bien tendu, le prenait, lui, à partie.

Le père Julius faillit en tomber à la renverse alors que Hans Jacob se prenait déjà la tête dans les mains. Parce que même sans traduction, il devinait bien que sa Bête devait lui dire quelque chose comme : « *Tu l'as entendu ? Même lui, il affirme que tu es attiré par cette fille !* »

Spectateur à ses dépens, le prêtre était devenu d'un rouge apoplectique. Mais l'apparition qui avait rempli la chambre de voix et de sonorités absolument démoniaques, cessa d'un clignement des yeux : aussi vite qu'elle était apparue, la Bête s'évanouit dans les airs.

Le père Julius articula à peine :

— Le... le démon ?

— Pardon ?... Mais non, pas du tout, répondit un Hans qui commençait à mesurer toute la vanité, et l'impasse, de son entreprise.

Mais pour le prêtre, le naturel inconcevable de son client le rendait aussitôt complice de l'apparition et de son caractère démoniaque. S'estimant dépassé dans ses compétences, il se leva très lentement en prenant son équilibre sur le dossier de la chaise. Puis, sans cesser de fixer le jeune homme qui expliquait : « *Mon père, ce que je voudrais que vous compreniez, c'est de Satan dont il est question et...* », le père Julius recula lentement vers le mur, espérant se glisser en catimini vers la porte de la chambre.

* * *

Mais de nouveau, l'apparition jaillit juste sous ses yeux : le démon-femme, sortant de nulle part, d'abord vaporeuse comme un brouillard, mais soudainement bien réelle, se tenait à seulement quelques centimètres de lui... et même que tout n'était pas à distance, parce que en se baissant vers elle, les yeux globuleux du père Julius découvrirent que, de ses deux mains, la femelle tirait sur son corsage largement ouvert, dévoilant ses seins nus et bien réels qu'elle pressait par à-coups contre son fragile torse de prêtre. Son regard était venimeux, et tourné vers le garçon, toujours sur son lit à lever les bras de désespoir, et à l'adresse de qui elle jargouinait des propos incompréhensibles.

Et puis la *démone* aux seins nus fit quelques pas en arrière... tout en reboutonnant son chemisier depuis le bas ! Sa voix —si c'en était une— n'était qu'un bruit de casseroles, toujours vertement adressé à celui qui se tenait la bouche en faisant des *non* de la tête. Quand enfin *l'apparition* arriva à lui, toujours en reculant, elle resta encore quelques secondes à le réprimander très vertement !

Hans, haut et fort répondait :

— Non mais laisse-moi enfin ! Tu voudrais que je sois quoi ? Un moine, un ermite, un... un anachorète tant que tu y es ?

79

Le père Julius allait s'évanouir quand l'apparition disparut dans son tintamarre. Elle n'avait pas eu un regard pour lui, pas un mot, seulement cette... poitrine qu'elle avait pressée contre son torse qu'il n'osait plus maintenant soulever.

Tout ça n'avait aucun sens, ça n'était pas du Freud, mais bien du surnaturel. À coup sûr, et maintenant, il en était sûr, il s'était retrouvé devant une apparition diabolique.

Alors en trombe, il quitta la chambre, dévala les escaliers dans un ramdam qui fit redresser sur sa chaise le vieux père Egon qui fumaillait tranquillement sa pipe à la cuisine. « *Père Egon, Père Egon...* » criait l'apprenti exorciste.

* * *

— Mais que se passe-t-il? demanda le vieux prêtre quand Julius arriva dans la cuisine du presbytère.

Coupé par les multiples inspirations qu'il daignait enfin prendre, ce dernier lâcha :

— Le démon... je... je l'ai vu !

— Voyons, c'est une blague? répondit Egon, vous-même m'affirmiez que les démons n'existent pas.

Julius lui prit les deux mains :

— Mon Père... il existe !

— Ne me dites pas que vous l'avez vu !

Julius acquiesça de la tête sans pouvoir rajouter un mot. Le père Egon commença alors à s'intéresser à la question, et ôta sa pipe de sa bouche :

— Vous avez vu un démon ?... Dans la chambre ?

— Oui ! Devant moi, soufflait Julius, et en baissant le regard, il rajouta même : sous mes yeux !

... des yeux qui devenaient de plus en plus globuleux. Mais de son côté, le père Egon reprenait sa pipe :

— Ah ah vous me faites marcher ! Alors il ressemblait à quoi votre démon ?

À deux doigts de l'exorbitation Julius répondit :

— C'est un démon... tentateur !

* * *

Après une lente et prudente montée des escaliers, les deux prêtres arrivèrent au seuil de la porte de la chambre.

Le Père Egon tendait l'oreille, il ne risquait pas d'entendre la respiration du père Julius qui, la main sur son torse, avait condamné la sienne, et gardait le dos contre le mur et un pied sur la dernière marche, au cas où...

C'est qu'un terrible ramdam résonnait à l'étage ! Et en ouvrant la porte de la chambre, ils se trouvèrent tous les deux devant le plus étrange des spectacles...

Bondissant de mur en mur, du sol au plafond dans un nuage de cendres et de débris, la Bête des enfers était aux prises avec le démon Sok Chea dans un combat de titans. Ça n'était que coups de griffes et de crocs ; des membres brisés ; les corps de l'un et de l'autre projetés contre les murs ; des poursuites sans haut ni bas. Si la Bête avait manifestement le dessus, Sok Chea, à moitié en charpie, n'en était pas en reste pour répliquer. Mais surtout, il n'avait de cesse de tendre ses griffes vers un

Hans Jacob —son ultime salut— qui essayait à chaque fois de fuir ou de se réduire dans un coin de la chambre.

Régulièrement, la Bête disparaissait dans les limbes pour toujours revenir d'un autre côté. Au cœur de cette action qui défilait à l'envers, Hans n'arrivait pas à savoir où et comment se mettre pour protéger son intégrité physique des assauts du spectre.

— Mais ils sont deux ! faisait le père Egon sur le pas de la porte.

— Et nous sommes seuls ! fit dans son dos le père Julius avant de s'évanouir.

* * *

Il n'y avait maintenant que les yeux incrédules du père Egon pour assister au dénouement du combat : la Bête surgit dans le dos de Sok Chea et lui arracha la tête qu'elle envoya d'un coup de pied magistral voler par la fenêtre, loin au-dessus les immeubles du quartier. Ce qui restait du démon bondit à sa poursuite... puis la Bête disparut et le calme revint enfin !

Hans Jacob se releva alors, et avança vers le vieux prêtre paralysé dont il épousseta un instant la tunique chargée d'étranges scories :

— Je suis désolé mon Père, mais à propos de cet exorcisme...

Les yeux rivés à la fenêtre, le vieux père avait du mal à répondre, un doigt timide vers dehors, il demanda timidement :

— Il est parti ?

— Il va revenir, répondit Hans confiant.

Lentement, le père Egon articula :

— Je crains alors de ne pas être assez compétent pour vous libérer du Diable et de ses démons mon fils...

— Vous n'y êtes pas mon Père, je ne veux pas me débarrasser du Diable, ce que je voudrais, c'est que vous le fassiez venir... vous pouvez faire ça ?

Mais ni l'un ni l'autre des deux exorcistes n'auraient pu le faire, maintenant qu'ils étaient tous les deux dans les pommes.

Hans ruminait ses contrariétés, d'abord, de ne pouvoir aider sa Bête —même si son amie se révélait être d'une jalousie écumante—, et ensuite de se savoir la cible d'un démon qui n'allait pas renoncer. Il descendit lourdement les escaliers pour sortir du presbytère quand, sur la petite tablette du palier, là où les prêtes avaient l'habitude de déposer les clés de leur voiture, son regard tomba sur un prospectus.

Mû par la curiosité, il s'arrêta, ouvrit le petit dépliant à même la tablette, le parcourut rapidement... et d'un geste vif, se saisit des clés et sortit en trombe.

Chapitre VI

Opéra

L A PETITE TRABAN partit dans une violente embardée quand la Bête fit son apparition sur le siège avant de l'automobile, juste à côté de Hans. Surpris, ce dernier avait poussé un cri en même temps qu'il enfonçait complètement la pédale des freins : les tambours se bloquèrent aussitôt, engageant la voiture dans un dérapage incontrôlable.

Heureusement, Hans réussit vite à arrêter le véhicule sur le côté de la route où il coupa aussitôt le contact. Là, il s'accorda quelques profondes respirations en bénissant, de quelques tapes sur le volant, la petite *P50*[1] empruntée au père Egon. Néanmoins, il ne put se re-

---

1. Traban P50 : petite voiture des années 60 de l'industrie de la RDA

tenir d'exploser : « *Non mais ça ne va pas d'apparaître comme ça sans prévenir ?* »

À côté de lui, la Bête ne semblait pas comprendre, et lui adressait de grands yeux bien ouverts en demandant : « *Hans, où vas-tu ? Que veux-tu faire maintenant ?* »

Elle avait les mains ouvertes comme pour une supplication et rien qu'à sa voix, Hans entendait son désarroi. D'ailleurs, il devinait bien sa question. En la regardant, il voyait sur elle que sa jolie Bête commençait à fatiguer et à désespérer de voyager dans le *miroir*, passant de tableau en tableau, et de s'en faire éjecter *manu militari* si, par ses actes, elle devait contrevenir aux lois de la causalité. L'ovale et la fraîcheur de son joli visage avaient maintenant fait place aux marques de la fatigue et de l'anxiété.

Alors Hans se saisit du petit calepin qui, du tableau de bord, avait glissé à ses pieds, et écrivit rapidement : « *Ce soir, à Berlin, il y a un opéra. Ton maître y sera sûrement !* » et il y rajouta le dessin d'un joli sourire sous des yeux malicieux.

Pendant qu'il écrivait, la Bête s'était de nouveau éclipsée : elle avait quitté ce *tableau du Carrousel* où elle ne pouvait rien faire, pour revenir quelques instants après, munie de la petite glace qu'elle utilisa pour décrypter le message de Hans. Mais avant qu'elle arrivât à écrire sa réponse sur le calepin, le Carrousel l'éjectait une nouvelle fois, et Hans, tout en démarrant le moteur de la *Traban*, l'entendit pousser un nouveau grognement de se trouver ainsi perpétuellement rejetée.

S'il commençait à avoir l'habitude de ses incessants allers-retours, il voyait bien que sa Bête n'en pouvait plus : ce *Miroir* lui râpait autant les nerfs que les barreaux d'une prison. Combien de temps encore son courage allait-il résister ? D'ailleurs, quand elle revint sur la banquette à côté de lui, ce fut pour gribouiller fébrilement sur le papier :

« *Et pourquoi viendrait-il assister à un opéra ?* »

Même Hans eut du mal à déchiffrer son cryptogramme, mais il répondit dans la foulée sur le calepin qu'il déposa à côté de lui, avant d'embrayer et de repartir vers la capitale :

« *Parce qu'ils jouent Faust !* »

* * *

Une fois en route, il usa de sa voix la plus douce pour sa Bête qui était revenue s'asseoir à ses côtés, et il lui tint à peu près ce monologue :

— Si Satan doit bien se trouver quelque part, ça sera pour assister à cet opéra, tu ne crois pas ? *Faust* en grande pompe, ou un truc comme la *Götterdämmerung* [2]... il ne peut pas rater un truc pareil ! Je suis certain qu'on le trouvera là-bas.

Et en examinant sa montre, il rajouta : « *En forçant un peu, on y sera juste pour l'ouverture !* »

Il écrasa alors le champignon de l'accélérateur, faisant rugir le petit bi-cylindre poussif qui avait du mal à tenir des promesses qu'il n'avait pas faites —d'autant que c'était bien la première fois qu'on lui en demandait autant dans sa vie tranquille de moteur-deux-temps à l'usage exclusif du clergé—.

---

2. Wagner, le Crépuscule des Dieux

Rien qu'à l'intonation rassurante des paroles de son Hans, la Bête comprit sa stratégie : retrouver son maître à l'occasion d'un opéra tout fait pour lui —auquel il ne pouvait manquer d'assister—, et le prévenir que sa gardienne des enfers avait fait l'erreur de s'emprisonner elle-même dans le *Miroir du Carrousel*.

Son Hans, son cher Hans, avait eu la meilleure idée possible. Il savait la route pour rejoindre Berlin, il fallait le laisser faire durant ces heures qui devaient le conduire à la capitale. Alors c'est avec de grandes précautions qu'elle s'autorisa à apparaître de temps en temps sur la banquette arrière, poser sa main sur l'épaule de son Hans, lui signifier toute la confiance qu'elle avait en lui; l'enlacer, et pour ne pas gaspiller un seul de ces instants, lui dire à l'oreille combien elle l'aimait.

Même si elle disait tout ça avec des mots qu'elle savait par avance faire l'effet d'une batterie de casseroles, elle et Hans goûtaient les heures de ce tendre colloque muet.

Elle aurait pu partir, quitter ces monotones tableaux pour donner rendez-vous à son Hans une fois à destination, quoi d'autre d'ailleurs : elle qui n'avait plus que la liberté d'un cheval de manège, mais comme elle savait le spectre Sok Chea rôdant dans les parages, elle restait constamment en éveil : un qui-vive qui l'épuisait, des apparitions multipliées dans le *Miroir*, où elle devait sans cesse plonger dans les tableaux, et se tenir à l'affût de la moindre apparition du démon.

* * *

88

Par chance, Sok Chea ne se manifesta aucunement, et le long voyage vers la capitale se déroula sans encombre. Quand enfin Hans stoppa le moteur —à bout de souffle—, il se trouvait juste devant le majestueux *Deutsche Staatsoper* de Berlin.

La vieille rosse mécanique des curés de Iéna se trouvait en dernière position, derrière la file des luxueuses voitures noires des apparatchiks du parti. C'était la dernière voiture à s'y arrêter : les trottoirs étaient déjà déserts et ne passaient plus dans la rue, que quelques taxis en maraude. Hans et la Bête étaient donc en retard pour leur premier opéra : la représentation magistrale du *Faust* de Gounod, avait déjà commencé.

Alors plutôt que d'entrer dans le théâtre par la grande porte —n'ayant pas de place, ni les moyens de s'en acheter une— Hans remonta le trottoir pour contourner le grand bâtiment et gagner les ruelles à l'arrière. Les entrées de service étaient naturellement bien gardées, mais grâce à quelques apparitions complices de la Bête sous le nez du gardien qui bâillait à son poste, il réussit à se faufiler et à grimper au cœur du bâtiment, puis arriver jusqu'à l'arrière scène.

Durant ses heures de conduites, Hans avait longuement mûri son plan : le Diable, en spectateur féru d'opéra, devait se tenir quelque part parmi le public, incognito. Mais où et comment le chercher dans cette foule ? De ses réflexions au volant de la *Traban*, il lui avait semblé que le meilleur moyen d'en appeler à lui, était de le faire haut et fort... et même : le plus haut et le plus fort possible !

La Bête qui se tenait maintenant à ses côtés derrière le rideau de l'arrière scène, interrogeait son Hans du regard, mais sans qu'il puisse trouver le temps de lui expliquer sa stratégie.

C'est que, déjà, le premier acte prenait fin sous une pluie d'applaudissements. Aussitôt les rideaux baissés, les techniciens arrivèrent pour convoyer les lourds décors, et une foule de choristes s'avança pour prendre leur place sur scène en vue du deuxième acte. Dans cette foule bariolée, Hans et la Bête passaient totalement inaperçus.

Mais Hans cherchait, regardait tout le monde, dévisageait chaque acteur.

* * *

Enfin, un peu à l'écart dans l'arrière scène, Hans reconnut *Méphistophélès* : la voix de basse de l'opéra de Gounod en grande tenue de Satan... Il examina le bonhomme un moment, oui, ça ne pouvait être que lui !

L'acteur, en marge de la foule des techniciens et des autres choristes, répétait son texte dans l'ombre des rideaux, en chuchotant et en s'accompagnant de grands moulinets de bras. Hans fit alors du coude à la Bête et se dirigea vers le chanteur, main tendue, bien en avant :

— Ahhh cher grand acteur ! Quelle voix, quelle prestance !...

Évidemment, celui-là, qui n'était pas en séance d'autographe, eut un recul agacé devant ce jeunot qui arrivait si soudainement. Mais c'est la Bête qui, apparaissant dans son dos, immobilisa le bonhomme jusqu'à ce que Hans se saisisse enfin de sa main.

Malgré les bras puissants de la Bête, il fallut à Hans tous ses talents pour faire entrer son esprit au plus profond de l'acteur [3]. C'est que celui-ci, surpris, avait immédiatement dressé une montagne de barrières psychologiques qui résistèrent de longues secondes aux efforts de Hans pour en venir à bout. Pour lui, il ne s'agissait pas seulement de pénétrer l'esprit du chanteur, il espérait surtout... *le posséder*.

Alors il en fallut des soubresauts du gaillard, toujours maîtrisés par la Bête, avant qu'il s'immobilisât totalement, son esprit étant enfin sous l'emprise de Hans. C'est à ce moment que celui-ci put commencer son travail : les yeux fermés et ses deux mains sur celle de l'acteur, il fouillait dans son cerveau, naviguait dans les méandres de sa pensée, cherchait un moyen de l'utiliser à ses propres desseins.

« *Mon Hans, tu arrives à faire quelque chose ?* » demandait la Bête inquiète et fatiguée, qui vérifiait alentour que personne ne vînt les déranger.

Hans devinait bien la question, et se contenta de répondre en levant une main, signe qu'il avait encore besoin de temps... et de calme pour finaliser son ouvrage avec son chanteur tétanisé, aux yeux ouverts vers le ciel, et à la bouche béante qui exhalait quelque chose comme un râle d'égorgé.

— Je crois que j'ai trouvé ! fit-il enfin.

* * *

---

3. CARROUSEL Livre I : Le Styx

L'acte II avait commencé alors que Hans en était toujours à œuvrer au plus profond du cerveau de l'acteur. Par chance, ce dernier n'allait faire son apparition qu'à la scène trois de l'acte, et Hans le libéra juste à temps : tout le monde sur le plateau était déjà à la recherche de leur Méphistophélès.

Un peu groggy, ce dernier fut poussé sur scène à la dernière seconde et fit son entrée en titubant ; mais comme les scènes précédentes étaient particulièrement riches en libations et bouteilles levées au ciel, il n'y eut pas grand monde pour s'en étonner... bien au contraire venant d'un Méphisto si facétieux !

Puis vint rapidement son tour d'entonner le fameux chant du *veau d'or* : morceau de choix pour un Lucifer digne de ce nom. Dans le public, chacun attendait d'entendre son interprétation des célèbres vers :

> *Le veau d'or est toujours debout !*
> *On encense sa puissance*
> *D'un bout du monde à l'autre bout !*
> *Pour fêter l'infâme idole,*
> *Peuples et rois confondus,*
> *Au tintement des écus,*
> *Forment une ronde folle*
> *Autour de son piédestal !*
> *Et Satan conduit le bal !*

Ça partait bien, le chant de Méphistophélès était fort et clair, le chanteur avait retrouvé ses esprits et sa voix. Mais le reste des vers furent tout, sauf ce qui était attendu :

> *Le veau d'or est toujours debout !*

On encense son pouvoir
Du Carrousel à son Miroir!...

Une vague d'étonnement parcourut le public pourtant germanique! Mais Méphistophélès était convaincu... et convainquant :

Dans le Carrousel noir,
Sa pauvre Bête s'est perdue,
Dans des vents contradictoires,
Elle y reste retenue,
Pour qu'elle n'y meure pas en vain,
Satan lui prendra la main !

Un brouhaha secouait l'auditoire d'experts en opéras qui avait du mal à s'y retrouver dans le livret, et une onde de perplexité se propageait chez les chanteurs de la scène qui ne savaient plus trop comment reprendre les derniers vers d'un Méphistophélès, totalement exalté et peut-être même totalement saoul !

Hans et la Bête, enthousiastes de constater que le travail de persuasion de Hans fonctionnait à merveille, scrutaient le public du théâtre par une fente du grand rideau.

— Tu le vois toi ? demandait Hans.

Mais dans la grande salle, il n'y avait que des robes claires et les vestons noirs de rigueur qui s'agitaient menu. Juste sous lui, la Bête se contorsionnait pour observer les réactions du public, du premier rang jusqu'aux balcons, et se contentait de répéter des « *non !* » avec sa tête.

Dans leur dos, les régisseurs et techniciens s'agitaient à leur tour, mais sans prêter attention à Hans et la Bête : trop préoccupés par les écarts de texte de leur chanteur.

D'ailleurs, sur la scène, ce dernier réitérait sa tirade pour la seconde fois. Tout le monde dans le théâtre se demanda s'il allait enfin se rappeler des paroles du deuxième couplet :

Le veau d'or est vainqueur des dieux;
Dans sa gloire, dérisoire
Son front abject brave les cieux!
Il contemple, ô rage étrange!
A ses pieds le genre humain
Se ruant, le fer en main,
Dans le sang et dans la fange
Où brille l'ardent métal!
Et Satan conduit le bal!

Eh bien pas du tout! Encore une fois, il en fut tout autrement :

Le veau d'or est vainqueur des dieux;
Les dieux ont quitté la place.
Ne reste qu'une armée de gueux!
La gardienne des enfers,
Derrière son miroir sans tain,
Ne pourra plus rien y faire,
Plus personne pour les malins!
Satan fera le travail!
Sauf s'il vient lui prendre la main!

* * *

L'œil rivé à son rideau, la Bête s'agita soudainement : « *Je le vois! Au fond là-bas!* » rien qu'à sa voix qui crépitait, Hans comprit aussitôt et regarda lui aussi vers le public. Et c'est bien dans l'ombre d'une loge, contre le bois du premier balcon qu'il le vit enfin : ses deux yeux brillaient nettement d'un puissant rouge-sang !

— Oui, il est là, s'exclamait-il fièrement, j'étais sûr qu'il allait venir ! Et il a entendu... Il a compris le message !

Avec un grand sourire aux lèvres, il se retourna vers sa Bête, il voulait la prendre dans ses bras, l'embrasser, la... mais ce fut pour se retrouver face au terrible visage de Sok Chea : une face aux bubons purulents et aux dents pourries dans une bouche tordue d'où coulait déjà des fils de bave ; le crin de sa tête était chargé à raz-bord de gales et de teignes ; ce démon était un condensé de virulence aux doigts gangréneux, aux griffes noires déjà ouvertes à quelques centimètres de lui, et qui n'attendait de sa proie qu'un rictus de frayeur pour lui injecter, en même temps que lui, tous les maux de la terre... que ça en serait du bonheur pour lui !

Le démon en frémissait déjà avec la frénésie du néant d'où il sortait !

* * *

Il y eut un cri : sa Bête qui bondissait et empoignait le démon. Hans recula dans le rideau qu'il arracha à ses tringles alors que dans leur élan, la Bête et Sok Chea s'en allaient rouler jusqu'au centre de la grande scène.

Là, sur son estrade et emporté par son enthousiasme, Méphistophélès avait repris son refrain frelaté. L'orchestre et les chœurs suivaient leur soliste particulièrement enflammé, et la scène se trouva très vite dans

un désordre indescriptible : une bacchanale de danseurs exaltés par un rythme entraînant, des bacchantes
à demi-nues, à cheval sur leurs partenaires en proie à
l'animalité, et des furies contorsionnées adoratrices du
veau d'or.

Le spectacle, déjà terrible, et pimenté par le combat
sanglant de la Bête qui y allait de ses griffes pour déchirer
son démon, ne faisait qu'affirmer haut et fort à la face de
son public, que tous ces cultes, des plus païens aux plus
puritains, des aztèques aux moines cisterciens, n'ont jamais été que conçus par le Diable pour en écarter Dieu.

Et dans cette foule possédée, la Bête courait à la
poursuite d'un démon en guenilles qui sautait maintenant par-dessus les chanteurs, s'accrochaient aux
décors, et comme un acrobate, bondissait haut dans les
airs.

La course poursuite était diabolique, Sok Chea,
sans doute galvanisé par la présence dans la salle, de
son maître, sautait au dessus des chanteurs, dans des
bonds d'une portée incroyables, d'un bord à l'autre de
la scène, et maintenant au dessus du public, de loge
en loge, et défiait même les lois de la gravité en s'accro-
chant au plafond en poussant des rires sardoniques.
La Bête, telle une sorcière, toutes griffes dehors, volait
à ses trousses en criant de rage de ne pouvoir jamais
l'attraper.

Le public n'en revenait pas, applaudissait ou pous-
sait de hauts cris quand les deux acteurs filaient dans les
airs comme des bolides, en hurlant au-dessus de leurs
têtes.

De son côté, Hans —sorti de son rideau et qui se disait maintenant qu'il avait peut-être un peu forcé sur son texte— se voyait inquiet pour sa Bête des éventuelles représailles de son maître. Il courut sur la scène où, au milieu d'une foule hilare, il pouvait la voir aux prises avec le spectre : telle une guêpe rapide, elle sautait et volait jusqu'au plafond. Mais elle s'approchait toujours un peu plus de sa proie quand enfin... il la vit à deux doigts d'attraper le démon !

Mais c'est là que, brutalement, elle fut stoppée dans son vol, comme si un lasso venait de lui agripper le cou !

Le choc fut si violent que Hans hurla : « *Non !* » craignant même que le cou de sa Bête en fût brisé ! Mais elle, qui avait beau se débattre dans les airs, se voyait maintenant comme aspirée, tirée par un fil invisible, vers la loge où se tenait, droite et noire, l'ombre terrible de Satan. Plusieurs fois, la Bête appela son Hans avec des cris de désespoir « *Hans, Hans !* » alors que lui, impuissant au milieu de la scène, tendait une main magistrale vers elle et son maître : « *Satan, non ! Laissez-la !* »

Le public, absolument émerveillé de la mise en scène, avait la ferme impression d'assister au fantasmagorique —mais pathétique— combat entre le bien : la Bête aux longs cheveux, qui volait aux cieux tel un ange, et le mal : ce Sok Chea corrompu jusque dans ses chairs par le veau d'or. Et le cri soudain de l'homme au centre de la scène, devenait une supplique vaine et dérisoire, l'aveu de la servitude inévitable du bien devant la puissance de Satan.

Mais en entendant la voix de l'homme, Sok Chea, accroché telle une chauve-souris au plafond, poussa un énorme rire. Dorénavant libéré de la menace de sa gardienne, le démon fondit sur Hans, filant dans les airs comme une lance dirigée vers sa cible pendant que la Bête, impuissante, était aspirée dans l'antre noire de Satan en hurlant de désespoir !

Mais on ne l'entendait déjà plus : le public frappait dans ses mains, l'orchestre redoublait de puissance et les chœurs chantaient à pleine voix :

Et Satan conduit le bal !
Et Satan conduit le bal !

Hans reçut comme un boulet de canon quand Sok Chea pénétra en lui. Sous la décharge de chevrotines, son corps fut projeté en arrière et roula sur la scène au milieu de danseurs sans bride, avec le coup de cymbale final et l'extinction des projecteurs.

Sous les ovations explosives du public, c'était là l'une des plus belles, mais aussi une des plus irrévérencieuses représentations de *Faust* de l'histoire de l'opéra !

Chapitre VII

Le démon

Nous ommes ailleurs, en deçà du Carrousel lumineux de la Vie, c'est-à-dire, au milieu de la désolation des enfers. À grandes enjambées voilà Satan qui va bon train. Tout en bougonnant d'une voix profonde, il s'enfonce d'un bon pas en plein cœur du territoire le plus triste de sa Bête... Et c'est chose rare ici-bas de le trouver ici !

— Ah, elle va m'entendre celle-là ! Non, mais de quoi je me mêle ?

Il tape du pied, frappe les cailloux, fait virevolter sa canne, et ramène à lui sèchement un bord de sa cape rebelle qui se laissait emporter. Sur son pas, il soulève la poussière et sème la peur parmi toutes les âmes qui, rien qu'à entendre sa grosse voix de colère, baissent les épaules sous leur manteau de boue. D'un pas toujours plus ferme et rapide, il s'éloigne irrémédiablement du fleuve des morts.

Mais plus il avance, plus l'obscurité se fait : le ciel, d'habitude si gris, devient franchement noir et toujours plus bas.

— Mais qu'est-ce qu'elle est allée faire dans cette galère ?

Le regard baissé, les yeux roulant dans leur orbite, c'est à peine s'il voit les tas d'âmes humaines autour de lui et qui se font toujours plus petits sur son passage. D'ailleurs, quand l'une d'entre elles se prend à gigoter ou à gémir quand elle entend le pas nerveux de Satan, alors ce dernier se masque les yeux, détourne son regard, et poursuit sa marche sans ralentir.

— Pourtant la gourgandine sait très bien que j'ai horreur de venir ici... horreur !

Mais les pas se succèdent aux pas, abandonnant dans la poussière une trace toujours plus longue et droite. Peu à peu, Satan gagne les territoires les plus sombres et les plus interdits du Schéol. Sans jamais se détourner, il arrive enfin devant un mur d'un noir plus profond que la nuit :

— Et m'arracher ainsi à un opéra que j'attendais depuis si longtemps ! Non mais...

Il regarda le mur, cherchant dans le noir quelque chose de plus noir encore, s'abaissant jusqu'à terre... et finit par enfoncer résolument sa main dans la masse informe qui lui engloutit tout le bras !

— Quelle honte ! Elle et son ridicule petit homme, en arriver à pervertir un si beau texte !

Et puis il prit une profonde respiration, et tira fortement sur son bras, ramenant brusquement par le col, comme arrachée à un nuage de cendres, la Bête des enfers qui alla rouler plus loin dans la poussière !

* * *

La Bête, la bouche dans la terre grise comme une vase sèche, qui de surcroît avait achevé de lui déchirer ses vêtements, parut un instant se réjouir de sa situation : elle poussa de ces soupirs qu'on pousse quand l'épreuve est bien finie. Mais ses yeux se réveillèrent très vite ! Elle se redressa complètement et se tourna vers le Diable :

— Maître, le démon... Maître !

— Tu pourrais déjà dire merci au moins ! faisait Satan en nettoyant sa manche, empoissée d'irrévérencieuses noirceurs rapportées du *miroir*.

Mais les mains de la Bête volaient déjà dans l'air comme pour se débarrasser d'une vilaine mouche :

— Oui oui, bon merci... j'ai fait une bêtise mais...

— Une bêtise ? coupait le Diable qui prenait déjà le chemin d'une retraite hâtive, je te savais bien en mal de premières fois, mais là, tu te surpasses...

Elle lui emboîta aussitôt le pas :

— Maître, le démon Sok Chea, je l'ai vu foncer sur Hans, vous ne pouvez pas lui faire ça !

Le sourcil contracté, Satan répondit :

— Qu'est-ce que tu racontes, je ne lui ai rien fait !

Mais la Bête faisait tout pour se maintenir à la hauteur de son maître, marchant à reculons, en crabe, trébuchant sur les âmes... Mais chaque pas lui rappelait qu'elle venait de perdre une chaussure dans son rapatriement forcé.

— « *Rien ?* » Mouais... Dites-moi ça dans les yeux ! Je sais que vous avez l'habitude de mentir.

Mais Satan n'arrêtait pas sa marche rapide, balancée par une canne alerte.

— Par Hermès ! Je ne mens jamais !

— C'est bien ce que je disais, fit-elle en se débarrassant de son autre chaussure qu'elle lança au loin.

— D'abord, expliqua encore le Diable, ton malheureux petit poète à la gomme, cet iconoclaste qui n'a pas hésité à piétiner un grand texte d'opéra avec des vers minables pour m'adresser un... un télégraphe ! Peuh, il n'a que ce qu'il mérite !

— Mais mon maître, vous ne pouvez pas lui faire ça !

— J'en ai puni pour bien moins !... et puis d'abord je n'ai rien fait, c'est le spectre qui l'a choisi.

— ... sur votre ordre !

— Oh je n'ai pas eu la peine de lui ordonner quoi que ce soit !

— Maître, si vous ne faites rien, j'irai moi-même chercher le démon !

— Peuh ! Et comment comptes-tu ramener ici un spectre qui est passé chez les vivants, sans y aller toi-même ?

— Euh...

— Il n'y a que la plus forte des tentations qui pourrait ramener cette âme ici, sinon, c'est à toi d'y aller avec toutes les conséquences que tu sais déjà ! Mais je te préviens : je n'irai pas tendre la main une seconde fois pour te ramener ici, tu y resteras !

Rien n'y faisait donc et le débat semblait clôt. Satan affichait maintenant une indifférence narquoise aux inquiétudes de sa Bête, et estimait dorénavant qu'il avait assez perdu de temps. Il se trouvait donc particulièrement pressé de retourner vers le Styx et de regagner ses quartiers.

Mais voilà qui énervait d'autant plus la Bête qui n'avait alors de cesse de lui tourner autour, de le harceler et de lutiner son maître comme un chat en mal de récompense...

— C'est donc ça vos *petits arrangements*? demandait-elle, mais enfin, vous vous rendez compte? Il a travaillé pour vous... Vous le connaissez bien !

— Écoute une bonne fois pour toutes, tu n'y entends rien aux affaires du monde ! Et puis ton petit homme ne risque pas grand-chose !

— « *Pas grand-chose !* » Mais maître, tout de même, un démon, et quel démon ! Vous avez vu celui que vous avez choisi pour vos... vos basses œuvres ?

Satan soupira —à ses yeux, la culpabilité n'était jamais un défaut— et fit une moue passablement hypocrite.

— Ouais bof, mais puisque ton ami est si courageux, n'est-ce pas, il s'en sortira !

En guise de réponse, le Bête ne put s'empêcher de maronner à voix basse :

— Sauf que son courage, à lui, c'est d'abord l'effet de sa droiture !

Mais si Satan n'avait cure d'une quelconque culpabilité, il était coutumier de la hache pour dénouer les situations embarrassantes, aussi, le harcèlement de sa bête, sa faconde, et surtout cette dernière piqûre eurent sur lui l'effet d'une bombe sur son amour-propre, :

— *Donnerwetter!* tonna-t-il avec la voix de la foudre. Non mais ça suffit oui! Je te l'ai dit : ne te mêle pas de la marche du monde et laisse-moi mener mes affaires à ma guise. La *culpabilité,* c'est mon domaine, alors laisse-m'en aussi la responsabilité!

Et les poings sur les hanches, il laissa à sa colère encore quelques champs libres :

— Non mais on est plus maître chez soi! C'est qui le boss ici, hein?... Marre d'être de plus en plus critiqué sur mon propre domaine, moi! Et voilà que maintenant, la fronde vient de l'intérieur, de mes propres assistants et... factotums!

* * *

De son côté, la Bête, loin de plier sous le vent ni même de prendre les propos de son maître pour son compte, gardait le bras levé et laissait passer la bourrasque. D'ailleurs, Satan finit par se calmer, et étrangement —et histoire de détourner la conversation— demanda :

— Mais au fait, que faisais-tu là-bas?

Elle baissa le bras :

— Hein?

— Oui, poursuivit Satan qui reprenait sa marche vers le Styx, que faisais-tu dans le *Miroir* du Carrousel? On ne peut même pas deviner son existence...

— C'est... c'est l'autre, là, qui me l'a montré, fit-elle
en le suivant.

— « *L'autre* » quel autre ? Personne ne connaît ce
Carrousel

— Ah ! C'est ce que vous croyez ? Ben non : il y avait
un genre de fou qui se promenait là-bas.

De nouveau, le Diable s'arrêta, perplexe :

— Un genre de fou ?... Et qui se promenait là-bas ?

— Oui, et même qu'il m'a dit qu'il n'y avait pas
d'endroit où il ne pouvait pas être.

Une lueur parut dans les yeux de Satan, mais qui
devint très vite teintée d'effroi... Il gonfla ses narines un
instant... et repartit d'un pas rapide : « *Tu dois te trom-
per !* » Mais elle courut à ses trousses en dérapant dans
la poussière :

— Mais non, un grand type... un monsieur bien
gentil d'ailleurs.

— Et puis il n'a pas pu te dire ça d'abord.

— Bien sûr qu'il me l'a dit !... et pour Hans vous
comptez faire quoi ?

Satan se pressait, plus loin, on devinait déjà les rives
du Styx.

— Et ensuite, c'est faux, *il* ne peut pas aller là, c'est
impossible, tu as dû mal entendre !

— Ben si j'ai mal entendu, que faisait-il là alors ?

— Tsss... Ce sont des choses qui te dépassent ?

— Bon et pour Hans alors, c'est quand ?

— Ah ! tu m'énerves... Euh, ton bonhomme-là, il ne
peut pas être là... D'abord, c'est pas sa place et... et il a
décidément du mal à se le mettre dans la caboche. Peuh !
Parlez-moi d'un...

— D'un?

Mais ils étaient arrivés aux rives du fleuve des morts. Charon le passeur n'était pas là, et avec énervement, Satan le chercha partout d'un regard circulaire en examinant la rive depuis l'amont jusqu'à l'aval.

— Parlez-moi d'un quoi, maître ? insistait la Bête.

— Parlez-moi d'un passeur ! Il est étrange ces temps-ci, il a tenu à me faire descendre lui-même sur la berge et à me demander mon propre écot, non mais... Bon, il se cache où maintenant ?

— Vous parliez de mon bonhomme maître, continuait-elle innocemment, même qu'il est si gentil, et qu'il ne devrait pas être là, et qu'il ne devait pas me dire ces choses-là !

— Mhhh ! Écoute petite, tu veux me faire plaisir ? Oublie-le et oublie tout ce qu'il a pu te dire !

La Bête se planta sur la berge, tout à côté de son maître, et croisa les mains dans le dos en regardant en l'air :

— Bon, alors je veux bien !...

— Bien, très bien jeune fille, faisait Satan, satisfait, qui essayait toujours de percer les secrets du brouillard devant lui. Il rajouta : « *Et moi j'oublierai tes escapades là où tu n'aurais jamais dû aller.* ».

Mais le passeur tardait toujours à venir récupérer le Maître. Alors en baissant le regard vers ses pieds nus qui jouaient innocemment à faire des dessins dans la poussière, la Bête demanda encore à un Diable impatient :

— Bon alors et pour mon Hans, on fait comment ?

* * *

La lune était dans son plein. Comme un lampadaire dans la nuit, elle brillait dans une atmosphère lavée par les puissantes averses d'un ciel de traîne. Perdu, adossé à une maison d'une ruelle inconnue, trempé tel une lessive mal essorée, Hans Jacob essayait de s'arracher à une prostration lancinante.

Lentement, sa lucidité revenait; tout en marchant péniblement, il faisait un terrible effort pour retrouver ses esprits —au mieux, le sien en propre!— Mais à défaut de le recouvrer pleinement, c'est sur la petite *Traban*, qu'il finit par tomber après des heures d'errements dans les rues de la capitale, des heures qui n'étaient pas vraiment les siennes, des heures à hurler, crier sous la douleur, et vociférer des propos incompréhensibles. Son corps n'était plus que souffrance enfiévrée de venin, ses pensées, un tourbillon de feu.

Mais une fois dans la petite voiture du père Egon, il se pelotonna sur la banquette : là, au moins, il était à l'abri et au sec. Mais totalement anéanti, l'extrême fatigue l'emporta sur l'accablement, et Hans sombra dans le sommeil avec comme dernière et ultime pensée, qu'il n'allait peut-être pas se réveiller.

* * *

Au petit matin d'une aube boueuse, Hans fut brutalement réveillé par un agent de la police municipale qui frappait à sa vitre. Pitoyablement, le jeune homme sortit de sa torpeur, encore paralysé par le froid sale du matin. Mais il fit quand même quelques signes rassurants à l'agent, qui repartit aussitôt, convaincu sans doute, d'avoir eu affaire à un ivrogne de la nuit qui avait quand même eu la bonne idée de ne pas se mettre au volant de son automobile pour rentrer chez lui.

Mais Hans se sentait toujours dans un état proche d'une mort imminente : sa tension devait être tellement basse qu'il se sentait partir dans les limbes à chaque instant ; il suait à grosses gouttes, ses mains tremblaient et dans ses veines coulaient des aiguilles de douleur. Néanmoins, il démarra, et en faisant un effort immense de concentration, il réussit à quitter la capitale pour un retour incertain vers Iéna.

Sur la longue route, constamment pris de nausée, il avait un mal fou à tenir sa *Traban* en ligne droite. La taupe qui courait dans ses veines lui ôtait régulièrement ses sens et ses idées ; d'étranges visions lui venaient, d'accablantes images qui n'étaient pas les siennes... un manège de *réalités* cauchemardesques, de souffrances qu'il se voyait infliger à des visages innocents et purs, et qui le faisaient pousser des hurlements incontrôlés.

Alors la voiture partait dans de dangereuses embardées, des dérapages à la limite du tonneau... mais toujours miraculeusement rattrapés *in extremis*.

Hans était bien convaincu d'avoir en lui un démon qui bataillait avec sa propre âme pour la possession de son enveloppe. En son for intérieur, le combat était terrible : des volées d'images affreuses, des pensées mortifères tournoyaient qui échappaient à la bride de sa conscience et qui, sûrement, allaient finir par le rendre fou... D'ailleurs, Hans sentait que la folie pointait déjà son odeur nauséabonde. Mais il ne voulait pas céder d'un pouce à un démon qui, à chaque fois qu'il lui résistait, se vengeait en lui faisant subir de terribles souffrances corporelles.

Alors oui, plus d'une fois, Hans crut terminer sa route —et sa vie— dans le fossé ou dans le ravin. Il sanglotait en appelant à l'aide, l'aide de ses ancêtres, l'aide de sa Bête... Mais où était-elle donc ? Pourquoi ne venait-elle pas ? « *Aide-moi !* » pleura-t-il plus d'une fois à son volant, convaincu que jamais de sa vie, ne pouvait fondre sur lui plus terrible et fatale épreuve.

Mais sa Bête ne venait pas à son secours et la route du retour prenait de plus en plus le parfum amer d'une terrible tragédie. Hans essuyait ses larmes et n'arrivait même pas à se demander pourquoi sa Bête l'abandonnait ainsi ; il n'arrivait plus à faire le tour du problème... Il n'arrivait même plus à penser... puisque en ces heures terribles, il n'y avait pas de pensée plus urgente que celle de garder sa route.

Ainsi, ce retour fut un véritable cauchemar qui n'en finissait pas : les aiguilles de sa montre étaient d'une mortelle lenteur et sur le bas-côté de la route, les bornes paraissaient inventer des kilomètres supplémentaires. Hans ne tenait que grâce à deux idées : le visage de sa Bête —devait-il encore arriver à la revoir— et la ferme conviction qu'il devait rejoindre le presbytère du père Egon... et pas seulement pour lui rendre sa sainte bagnole !

* * *

« *Encore vous !* » fit le père Egon quand Hans se présenta à lui, cravate à la dérive, les yeux comme deux portes cochères. D'ailleurs, il ne répondit rien : avec le sensation lourde de remorquer sa propre épave, il alla directement s'écrouler dans les bras du prêtre.

Quelques heures plus tard, il se réveillait dans le lit de la chambre qu'il avait quittée seulement la veille. La forme floue d'un crucifix dansait devant ses yeux et les paroles embrumées lui parvenaient aux oreilles comme une litanie :

Vade retro satana
Numquam suade mihi vana
Sunt mala quae libas
Ipse venena bibas

Péniblement, il arriva à décoller ses paupières et à découvrir, assis au bord du lit, le père Egon avec son disciple le père Julius, qui semblait se cacher derrière les épaules de son maître et avait pour lui le plus inquiet des regards.

Hans se doutait bien de la situation : « *Vous avez pu faire quelque chose ?* » demanda-t-il en se redressant sur le lit.

— Oui mon fils, répondit avec satisfaction le père Egon en plongeant le crucifix de bois dans sa poche, je pense que vous serez tranquille pour un certain temps.

Hans acquiesça lentement en respirant un air frais qu'il appréciait de sentir pénétrer son corps enfin libéré et au silence intérieur enfin revenu. Mais le père Egon n'en avait pas fini :

— Mais... il est toujours là, vous savez !

— Toujours là ? faisait Hans en regardant autour de lui.

— En vous, précisa simplement le père Egon en pointant son index vers la poitrine de Hans.

— Mhhh ! Je comprends...

— Nous avons fait notre possible, précisait le prêtre, mais... il est décidément très fort !

— Je vous crois, d'ailleurs ça ne me paraissait pas être n'importe qui, si vous l'aviez vu !

Ce disant, il releva les yeux vers le père Julius, timidement réfugié derrière son maître et dont Hans voyait maintenant le visage parcouru par d'étranges tics... sans doute la conséquence de sa dernière visite : « *D'ailleurs, père Julius, vous aussi vous avez vu le démon !* »

— Euh... lequel ? demanda en retour le père Julius.

— Le pas beau, le méchant !

Julius respira avec saccades « *Oui !* »

* * *

Peu après, les deux prêtres accompagnèrent Hans jusqu'au pas de la porte. « *Tenez...* » fit le père Egon en présentant à Hans les clés de sa Traban. Le père Julius, toujours dans son dos, précisa :

— Vous la rendrez au père Wilhelm de votre église protestante, c'est un bon ami, il nous la rendra à l'occasion d'une prochaine visite.

— Vraiment vous n'en aurez pas besoin d'ici là ?

— Ne vous inquiétez pas, rassura Egon, et puis elle pourra vous aider à revenir nous voir en cas d'urgence si par hasard...

— Ah ! j'espère me débarrasser de ce monstre avant qu'il ne refasse surface.

Le père Egon, pour une fois ravi du passage d'un individu de quelque relief, ouvrait quand même bien grands ses yeux :

— Vous en débarrasser? Vous-même?... Et comment espérez-vous y parvenir?

— J'ai ma petite idée là-dessus mon Père, j'ai un compte à régler avec Satan... il va m'entendre celui-là!

Il remercia encore une fois les deux prêtres, entra dans la voiture et démarra aussitôt. Sur le trottoir, le père Egon se frottait les mains en ce pinçant les lèvres :

— Bon, vous voyez bien que les démons existent, père Julius. Vous y croyiez par principe et dorénavant, vous allez y croire pour y avoir goûté!

Mais sur le trottoir, restait le père Julius, rembruni et perplexe, qui regardait la Traban s'éloigner dans la rue et en ruminant : « *un compte à régler avec Satan?...* » Dans son dos, Egon mâchait encore quelques mots :

— Espèce de Saint-Thomas va! La prochaine fois, c'est vous qui vous en occuperez!

Aussitôt, le père Julius courut après lui « *Mon père, Père Egon...* » sans doute pour lui annoncer sa démission.

* * *

Quelques jours plus tard, Hans Jacob s'était presque totalement remis de ses émotions... psychologiquement s'entend puisque son enveloppe physique —maintenant assagie— ne donnait plus signe d'une quelconque possession par le démon.

Mais durant quelques jours ténébreux, son esprit resta pollué par les stigmates de cette terrible aventure :

il en faisait des cauchemars, des images clandestines surgissaient sans prévenir, et il avait souvent peur de son propre reflet. Il lui fallut faire un effort de chaque jour pour sortir de cette ornière boueuse : régulièrement encore, il se vit parcouru par des réflexes impétueux, et avoir peur de ses propres pensées, craignant qu'elles ne fussent pas les siennes.

Néanmoins, c'est assez vite qu'il reprit possession de toutes ses facultés... *Mens sana in corpore sano* : enfin, sa main gauche savait ce que faisait sa main droite.

Juste à temps pour se voir invité à devoir présenter les prouesses de son entreprise d'optique à un consortium étranger !

* * *

À plus d'un titre, Hans avait une sainte horreur de ces cérémonials : d'abord, il avait la ferme sensation de perdre son temps. Mais surtout, le jeu obligatoire des poignées de mains était une épreuve à laquelle il tentait toujours d'échapper.

On le sait, Hans avait, au moindre contact, ce don de pénétrer l'âme humaine... alors une poignée de main : c'était toujours l'inévitable plongée dans les secrets —même sous cadenas— de celui qu'il avait en face. Dans le magma d'images qui surgissaient alors, Hans voyait tout de son passé, de ses pires turpitudes, mais aussi de son avenir...

Et il avait horreur de ça !

Le grand *showroom* de son entreprise avait été aménagé pour recevoir la délégation étrangère en grande pompe. Mais de son côté, Hans préférait s'attarder à la table des buffets, garnie à la hauteur des invités de marque. Constamment, le jeune ingénieur se portait volontaire pour aller chercher n'importe quoi : une chaise, un carton, des plaquettes... l'essentiel étant d'éviter la maudite poignée de main.

Mais hélas, on finit quand même par le héler : « *Monsieur Hans Jacob s'il vous plaît !* »

— Notre ingénieur commercial en optique ! faisait son responsable en le présentant fièrement à la délégation, c'est Hans qui viendra personnellement vous voir dans votre pays à l'occasion de nos affaires que nous espérons nombreuses !

Et voilà... Il ne pouvait plus échapper aux poignées de main !

* * *

La première se passa à peu près bien. Le chef de la délégation était un haut placé politique dont Hans saisit immédiatement tous les travers : corruption à tout-va, passe-droits et surtout... les femmes ! Toutes les femmes... n'importe quelle femme. Splendidement infidèle, celui-là était tenu à la baguette par ses hormones, et à la braguette par ses nombreuses maîtresses qui lui suçaient crédit et influence, au point que sa chute était imminente. Cette vision, pour une fois vaudevillesque et loin des drames habituels des politiques, tira à Hans un très large sourire !

La deuxième poignée de main ne dura que très peu ; le vieil homme au visage tourmenté avait été *l'attaché*

de tous les ministères et n'avait jamais été... que ça!
Ses compétences tenaient dans le choix de ses cravates
et le talent de son tailleur personnel. C'était l'homme
des *formes* qui n'avait jamais inventé le moindre *fond*,
haut fonctionnaire qui avait passé sa vie à courir de
séminaires en réunions, simplement pour rester *à la
place*. Son perpétuel combat l'avait conduit à ses cheveux blancs, un cœur fatigué, un foie surchargé et une
âme épuisée de devoir quêter chaque jour l'aumône
qu'on lui faisait, presque distraitement, en le laissant
à son poste. Il avait le profil très typique des hommes
des ministères, si ce n'est que Hans y voyait surtout sa
prochaine et *bienheureuse* mort dans l'avion du retour!
Tout en lui serrant la main, il eut comme un rictus
pour celui qui se félicitait surtout d'être en capacité de
prononcer une complète phrase en allemand... apprise
la veille par cœur.

Le troisième invité... Ah! non, la dame était trop oc-
cupée à retourner le bord de son foulard de soie en vue
d'en révéler la griffe de luxe!

En attendant, on présenta Hans à un quatrième
représentant étranger : un homme grand et fier, gri-
sonnant, avec des yeux volontaires derrière des petites
lunettes d'instit. Sa poigne était franche... franche au
point que Hans hésita à répondre par la même fermeté.
Comme précédemment, il feuilleta en lui —et malgré
lui— comme dans un livre ouvert sur son passé ainsi
que sur son avenir.

Et cet avenir, puisque le passé était celui, somme
toute morose et bien ordinaire des élèves trop sérieux
pour devenir autre chose que des politiciens au QI

élevé, mais au génie faiblard —qualité qu'ils n'ont alors eu de cesse de sous-traiter—, l'avenir du bonhomme, donc, était ministériel : Hans voyait nettement que très bientôt, on allait appeler ce type par le vocable : « *Monsieur le Ministre de l'Éducation.* »

Et c'est là qu'il se produit l'impensable : alors que la poignée de main se prolongeait très benoîtement, Hans fut saisi de convulsions, d'un spasme qui le prenait dans tout son corps, et focalisait un feu brûlant dans son bras... puis dans sa main qu'il ne pouvait libérer de celle du futur ministre. Il ne lui fallut pas longtemps pour se rendre compte que c'était le spectre qui se réveillait brutalement en lui.

— Non, pas maintenant ! osa-t-il prononcer alors que son interlocuteur se penchait vers lui en arrondissant des sourcils perplexes pour s'inquiéter de son état.

— Monsieur Jacob, vous allez bien ?

Hans n'arrivait même plus à se défaire de cette main qui échappait totalement à son contrôle : elle était comme une braise ardente, une prothèse au bout de son bras... et soudainement, il reçut l'électrochoc d'une violente décharge qui le projeta en arrière !

Le démon Sok Chea, venait de passer par son bras, et de pénétrer le corps du ministre !

Ce dernier, aux yeux aussi gros que ses verres, à la bouche ouverte sans pousser le moindre cri, se prenait la main dont les doigts étaient tendus et crispés comme des pattes de crabe.

Libéré, Hans s'éloignait, le dos courbé, pour aller se soutenir à la grande table alors que tout le monde se précipitait à la rescousse du futur ministre, aux yeux exorbités, qui gesticulait en se palpant tout le corps avec inquiétude.

* * *

Quelques minutes d'agitations plus tard, tout était redevenu calme et souriant : Hans, mollement assis à la table avec un verre à la main, récupérait de cette brutale *expulsion*. Du coin de l'œil, il toisait le fonctionnaire étranger à qui il avait malencontreusement transmis d'être possédé par un terrible démon; curieusement, d'ailleurs, le bonhomme n'en semblait pas le moins du monde affecté, bien au contraire : d'une jovialité exemplaire, il affichait un état d'allégresse sardonique, et partait même dans de grands éclats de rire bien sonores, à en révéler toutes ses dents.

Hans se servit une nouvelle fois à boire, et... « *Eh bien mon cher ami, comment vous sentez-vous ?* » fit une voix de l'autre côté de la table...

En face de lui, était en train de s'asseoir le Diable : il s'était déjà préparé une assiettes débordant de victuailles et se versait, en toisant l'étiquette, son premier verre d'alcool.

— Ah ! Vous voilà, vous, fit Hans en le désignant de l'index, c'est à vous que je dois tout ça, je présume ?

— C'est à moi que tu dois la paix et la prospérité, répondit le Diable en levant son verre et qui rajouta encore : « *Et ne me remercie pas... D'ailleurs, je commence à en avoir l'habitude !* »

— L'habitude de quoi ?... l'habitude de vos forfaitures pour...

117

— Non, l'habitude qu'on ne me remercie plus, mais passons !

Hans soupira… et après une seconde, se laissa lui aussi tenter par quelques amuse-gueule. En tendant le bras, il murmura quand même :

— Dites qu'il vous faudrait des prières tant qu'on y est ?

— Mon garçon, fit le Diable qui se délectait de ses mets, quand l'humanité prie, si elle sait ce qu'elle demande, elle ne sait jamais vraiment à qui vont ses prières… et c'est souvent à moi !

— Mmh ! fit Hans qui mastiquait lui aussi de bon cœur… Et moi, pourquoi donc devrais-je vous remercier ? Pour m'avoir libéré d'un démon que vous m'avez vous-même refilé, avant de l'envoyer dans ce type là-bas ?

D'une main bien tendue portant sandwich, Hans désignait le nouveau possédé qui ne paraissait pas l'être pour autant.

— Eh ! du calme l'homme, intervint le Diable qui, dans le même temps, cherchait Dieu sait quelle nouvelle bouteille, tu ne vas pas t'y mettre toi aussi ?

Hans se leva alors pour lui servir le verre de l'alcool en question « *Ah… Parce que je suppose que…* »

— Oui, c'est bon ! Entre *elle* d'un côté, que tu connais bien, et maintenant toi, je ne te raconte pas ce que je prends ces temps-ci… Santé !

— Ma foi, répondit Hans, il ne fallait peut-être pas vous lancer dans ce genre d'opération !

— Miomch… Ben chi justement, il le fallait, et je pense que même toi, à l'esprit d'ordinaire si obtus, tu vas apprécier ma petite *combinazione* !

— Apprécier... apprécier de me voir infligé cette... punition ?

— Enfin l'homme, il n'y a pourtant pas que des tonneaux vides dans ta tête. Bois, et tu vas bien voir que ça n'est pas une punition, et que je ne te veux rien !

* * *

Et les voilà à ripailler tous les deux, de tripaille, volailles, alcools bien dosés et invectives réciproques bien salées. Mais personne ne semblait s'en étonner, personne ne semblait même rien voir de ce Diable, assis en face de l'homme, rien de son costume, de son chapeau haut de forme, comme si sa présence était tellement coutumière qu'elle ne faisait plus tâche dans la vision des vivants, à l'image du Carrousel filant bon train dans un au-delà parfaitement immobile, dont l'immanence ne nous est plus visible, sauf à quelques-uns d'entre-eux comme Hans Jacob.

— Attendez, repris l'homme, si vous ne me voulez rien, alors ?...

Et Satan, posant le coude sur la table, se rapprocha de lui :

— Tu as bien compris que le démon n'était pas pour toi !

— Plaît-il ?

— Oui, tu n'étais que le porteur.

— Quoi ? le *porteur* ? Vous m'avez pris pour un convoyeur de spectres !... Vous avez vu ce que j'ai risqué dans cette opération moi ?

— Ah ridicule tout ça ! fit Satan avec un geste de dédain. Il le fallait tant qu'on ne connaissait pas le destinataire du colis.

Encore une fois Hans, désigna son ministre :

— Et c'était donc lui ?

— C'est ça, le futur ministre de l'Éducation nationale de son pays. Il n'y avait que toi pour voir son avenir à lui. C'était l'un de ceux-là et tu as porté le démon en toi jusqu'à ce que tu lui désignes sa cible !

— Mais enfin, pourquoi ? Qu'est-ce que vous lui voulez à cet homme ?

— Oh ! rien en particulier ! Il veut être un grand ministre, il va l'être, je te le garantis !

— Il lui faut d'être possédé pour ça ?

— Pas du tout ! Mais pour détruire le système éducatif de son pays, oui !

Hans répéta avec peine après avoir désobstrué ses bronches :

— Détruire le système éducatif de son pays... Rien que ça ?

* * *

Entre deux échanges, Satan était bien le seul à faire honneur à la table, ainsi qu'aux traiteurs engagés à grand frais pour la garnir. Il regretta même que dans des temps plus anciens, la garniture comptât aussi des filles —et des garçons— et que l'expression « *faire bonne chère* » n'eût maintenant plus le même sens.

— Mon garçon, pour une telle entreprise de destruction, il faut être doué, et c'est le démon qui va gran-

dement aider ton ministre ! Il va l'aider à faire drastique-
ment chuter le niveau scolaire de son pays, à conduire
son peuple à être réduit à une masse d'assistés, une humanité qu'on sonne et qui répond, qu'on siffle, qu'on
bipe et qui accourt, shooté à quelques fix de *Panem et
circenses*[1], et qui va totalement perdre confiance dans sa
nation ; un peuple enfin, qui va, très humblement, déposer sa liberté aux pieds des puissants[2] ; un suicide de
masse avec une démographie quasiment nulle. Dorénavant, ce pays ne va plus résister aux changements qui
s'imposent à lui... Je ne force rien : tout ça, c'est écrit !

— Mais si c'est écrit, pourquoi précipiter cette
chute ?

— Parce que dans tous les cas, ce peuple allait tomber. Sauf que la dernière fois que ça s'est produit pour
lui, j'avais fait l'erreur de ne pas l'y aider : alors le pays a
sombré dans une révolution sanglante. Je me souviens
que je pataugeais dans le sang de sa guillotine. Alors
non ! Assez de sang, assez de révoltes, cette fois, je vais
les y aider : le pays va sombrer oui, mais en douceur,
en soins palliatifs, et sans aucune effusion de sang si
ce n'est, quelques échauffourées de circonstance et
gentilles manifestations... euh « *festives* » c'est ainsi
qu'on dira.

— Mais enfin, à quoi voyez-vous que leur pays est
en train de sombrer ?

— Quand un gouvernement a plus peur des tracts
et des livres que des vrais criminels, quand il se réfu-

---

1. Du pain et des jeux
2. Satan a, bien sûr, lu "Les frères Karamazov"

gie derrière sa police, voilà les indicibles prodromes qui signent sa fin. Ça s'était déjà produit et l'histoire est en train de se répéter. Mais avec ce gars-là, ça se fera en douceur : pas de révolution, quelques échauffourées tout au plus, mais un changement tout en douceur. Comme je te le disais, l'homme, c'est moi qui apporte la paix dans le monde !

* * *

De l'autre côté de la grande salle, le —futur— ministre, soudainement, se redressait, en proie a une révélation.

— Mademoiselle, mademoiselle, faisait-il en appelant à lui sa secrétaire.

Une jeune femme accourut après avoir prestement déposé sa petite assiette sur une table. « *Monsieur ?* »

— Assez perdu de temps mademoiselle, venez, suivez-moi à l'hôtel et allons construire notre équipe !

— *Notre équipe ?* Mais quelle équipe monsieur ?

— J'ai eu une révélation : je prendrai le ministère de l'Éducation. Et je ne vais pas me contenter d'un rôle de figurant, mademoiselle, je vais donner un grand coup de pied dans cette fourmilière ! Allons, au travail, rejoignez moi à ma case !

— À... votre case monsieur ?

— Ah ! euh... Je voulais dire : à mon bureau à l'hôtel... Et puis vous me ferez apporter un repas, autre-chose que ces détestables charcuteries, je vais travailler tard ce soir... Du riz, un gros bol de riz fera l'affaire.

Chapitre VIII

Épilogue

L A Bête était revenue au bord du lugubre Miroir, terriblement inquiète du sort de son Hans qu'elle voyait possédé par le démon. Elle assista en personne à son combat contre le spectre qui venait d'entrer en lui. Plus d'une fois elle sentit son Hans vaciller, à deux doigts de lui abandonner toute son enveloppe, quitte à reléguer son âme dans un recoin de son corps, où elle se verrait recluse et silencieuse jusqu'au jour de sa mort.

Saisie d'effroi, la Bête tendait la main vers le *Miroir*... mais se ravisait : elle sentait l'aspiration pernicieuse du Carrousel qui risquait —encore une fois— de l'avaler. Alors non! Elle n'allait pas intervenir : elle ne ferait pas deux fois la même erreur.

Mais sur un autre tableau du Carrousel, elle voyait son Hans qui déjouait les pièges du destin, surmontait sa propre fatigue, et qui affrontait si courageusement les attaques du démon, jusqu'à le voir enfin frapper à la porte de l'exorciste de Iéna. Silencieusement, la Bête assista aux prières, aux ablutions d'eau bénite et aux injonctions des deux prêtres pour libérer son Hans du démon. Elle assista aussi à leur demi-échec : celui de ne pouvoir expulser le spectre du corps de Hans, mais à son emprisonnement dans quelque recoin obscur, là où il se trouverait confiné, et d'où il ne pourrait plus grand-chose.

Et puis ailleurs, elle fut aussi témoin de l'accomplissement de l'œuvre de son Maître : le démon quittant l'enveloppe de son Hans pour investir à grande pompe celle de ce futur ministre de l'Éducation. Elle vit son Hans libéré, au visage enfin heureux et qui ripaillait avec Satan, même si ce dernier continuait de regarder son homme obliquement, en se disant qu'il aurait pu le faire souffrir encore plus, parce que —et la Bête en était convaincue— ça n'était là que vengeance personnelle de son Maître envers un mortel qui avait osé lui tenir tête.

* * *

Enfin, la Bête des enfers pouvait soupirer, estimant que cet épisode s'était, somme toute, assez bien passé. Alors une dernière fois, elle leva un regard nostalgique vers son homme qui se goinfrait de sa réconciliation d'avec son propre corps. Et elle sourit aussi de le voir si peu rancunier, plaisantant avec un Lucifer qui, pourtant, s'était bien joué de lui...

C'est vrai qu'elle n'avait jamais vu son amoureux exprimer de la rancune. Pour un être humain baigné dans le temps et les souvenirs parfois blessants du passé, après avoir subi la pire des tortures, et oublieux de l'odieuse réalité dont il avait été la victime, il était là, assis en grande discussion avec son Maître, le Diable !

Quelque part la Bête se voyait admirative et tellement fière de son homme... Elle qui était... si rancunière !

Son visage s'assombrit alors...

L'autre, là, son Maître justement qui buvait à la santé retrouvée de sa victime... l'autre, au grand chapeau et aux fines moustaches... en même temps que, à peine plus loin, le démon —son pensionnaire à elle— prenait confortablement place dans le corps de sa victime au service des projets de Satan.

Alors après avoir prudemment longé le Carrousel, la Bête s'approcha au plus près de Sok Chea, c'est-à-dire du Ministre qui s'était attablé, seul, à son bureau devant ses nombreux dossiers qu'il effeuillait tout en tenant un bol de riz dans sa main gauche. Se gardant d'être aspirée par le Miroir, la Bête se plaça au plus près du bonhomme, et de sa poche, elle sortit l'un de ses diamants taillé qu'elle fit rouler entre deux doigts.

Un diamant si brillant, si pur, aux reflets si chatoyants que soudainement, dans le corps du Ministre, elle vit les yeux du démon qui se tournaient vers le bord du Carrousel, vers la pierre précieuse !

* * *

Les rares âmes terribles qui avaient élu domicile au plus loin des enfers, attirés par la présence noire du Miroir et des chimères de la résurrection, pourront dire comment s'est passée l'extraction et le retour depuis le Carrousel, du terrible démon Sok Chea.

Eh oui ! C'est que ce démon était vénal !

L'opération commença cette nuit-là chez les mortels : sous les yeux du spectre qui patientait dans l'enveloppe endormie du Ministre, la Bête posa son premier diamant sur la terre des enfers : *le Feu*, son magnifique tétraèdre qui n'avait pas besoin de beaucoup de lumière pour briller d'un rouge éclatant.

Elle s'éloigna, patienta quelques minutes, et vit enfin deux bras tendus qui sortaient du miroir comme deux volutes de fumée, tellement attirées par l'appel de la fortune, et deux mains qui s'ouvraient sur le diamant.

Celui-ci à peine attrapé, le spectre se rendit compte qu'un autre diamant était posé devant ses yeux, juste là, quelques mètres plus loin : un énorme diamant pur, un octaèdre brillant de ses huit faces, une nova surpassant toutes les étoiles de la nuit.

Bien à l'écart, la Bête assista à la sortie complète du démon : comme le lent accouchement d'un voile de fumée noire luttant contre le vent qui le retenait, qui hésitait, puis prenait corps et consistance au fur et à mesure que l'âme s'éloignait irrémédiablement du Carrousel.

Ainsi que l'avait annoncé le Diable, l'appel des richesses était plus fort que l'emprise du Miroir.

Mais l'opération n'allait pas s'arrêter là : encore plus loin sur une pierre, la Bête avait déposé son magnifique hexaèdre jaune. Ses éclats comme un phare nocturne, ne manquèrent pas d'attirer le démon avide de possession, qui courut et se jeta même sur la pierre ! Et plus loin encore, vers l'horizon, Sok Chea ne résista pas quand il aperçut la puissante lumière verte du dodécaèdre *Univers* que la Bête lui avait réservé.

Ainsi pouvait-on voir le spectre, les bras chargés de son butin, qui courait vers un trésor qu'il estimait sans limite. Il furetait comme un chien à la recherche du prochain diamant, il courait partout... chutait immanquablement, mais il se redressait toujours, et à genoux, rassemblait son trésor éparpillé sur le sol terreux pour l'envelopper frénétiquement dans d'ignobles haillons gris avant de reprendre sa course folle.

Quand il arriva un peu par hasard, —mais ici-bas, le hasard est le meilleur moteur à la certitude— au bord de son fossé, là même où la Bête l'avait cantonné pour l'éternité, Sok Chea eut d'abord un frisson de peur, et inquiet, regarda partout autour de lui. Mais quand ses yeux se posèrent au fond de son trou, là où son manteau de boue avait été soigneusement plié sur une pierre plate en attendant son retour, il remarqua dessus, un caillou gros comme une noix. Un caillou noir, mais avec un léger reflet scintillant d'un bleu magnifique et absolument unique dans ce monde de gris.

Convaincu d'avoir trouvé un nouveau diamant, il sauta dans le trou.

* * *

Mais la pierre n'était qu'une roche brute et sale. À la rigueur, une première et minuscule face avait été polie et libérait un rayon d'une tendre lumière bleue.

Déçu, Sok Chea faisait une terrible grimace, quand :

— Elle n'est pas finie !

C'était la Bête, assise sur le bord du fossé, et qui regardait son pensionnaire rebelle avec de terribles yeux sombres tout en essayant de modérer sa respiration. Devant sa gardienne, Sok Chea rentra aussitôt la tête entre ses épaules.

Mais la Bête se contenta de tendre vers lui une main bien ouverte. Le zombie Sok Chea leva d'abord les rides de ses sourcils, mais la Bête confirma ses attentes avec quelques signes de ses doigts.

Alors lentement, Sok Chea s'approcha, et d'un bras bien tendu, lui rendit la pierre. Et comme elle insistait encore, il lui rendit un à un tous les autres les diamants.

* * *

Les mânes des enfers racontent tous, que la Bête, gardienne du schéol, s'était tenue assise quelque temps au bord de ce fossé maudit. Personne ne sait ce qu'il s'y dit... peut-être rien. On sait seulement qu'elle finit par sauter au fond de ce trou...

Et qu'alors, tout le monde ici-bas se boucha les oreilles.